U0164351

香港 你好

東瑞 著

獲益出版事業有限公司

香港　你好

著　　者：東　瑞

封面設計：東　瑞

校　　對：周小芳

主　　編：黃東濤（東瑞）

督 印 人：蔡瑞芬

出　　版：獲益出版事業有限公司
　　　　　香港九龍土瓜灣道94號美華工業中心B座6樓10號室
　　　　　HOLDERY PUBLISHING ENTERPRISES LTD.
　　　　　Unit 10, 6/F Block B, Merit Industrial Centre,
　　　　　94 To Kwa Wan Road, Kowloon, H.K.
　　　　　Tel: 2368 0632　　Fax: 2765 8391

版　　次：二零一七年九月初版

國際書號：ISBN 978-962-449-586-7
　　　　　如有白頁、殘缺或釘裝錯漏等，歡迎退換。

一張用心譜就的香港旅遊圖
——序東瑞《香港 你好》

● 周小芳

倘若您從未去過香港，而又打心眼裏渴望一睹「東方明珠」的風采，那麼珍藏一本香港資深作家東瑞先生的新書《香港，你好》，隨時捧在手裏讀一讀，當是您去香港旅遊之前的必備功課。

先生在香港生活了四十多年，對香港的吃喝玩樂游住文化等，熟稔在心。雖談不上360度視角瞭解，但先生融一腔赤忱和經年不倦的積累，注入深情的筆端和多彩的鏡頭，集結50篇美文70餘張美圖而成《香港，你好》，實屬難得，值得給N個讚。

細讀一遍，尚覺不過癮，再讀一遍，細細揣摩，從未去過香港的我，自覺可以跟上先生的文字，一個人悠哉樂哉地坐遍老式電車（瞄準120號）、雙層巴士、港鐵、天星小輪等港式交通工具，去我想去的景點遊逛。在密集的人流中，我背着雙肩小包，手插在長裙的口袋裏，隨意觀賞散佈在小巷、轉角、三叉交結處的「市肺」（綠色小景），愜意而又自在的去「黃埔號」品嘗中外合璧的美食。如果還嫌情調不夠的話，可以微信邀上好友，點兩杯現磨咖啡和一碟西式小點，找一個靠窗的座位，於夜色漸濃中，捧着《香港，你好》，邊讀邊靜靜的等候維多利亞港璀璨的煙花在空中升起，那時節定會感歎光陰夢幻般的剛剛好。

當然一個假期不夠，再來一個五日遊，帶上孩子，深入到先生筆下的「香港四館一展」（香港歷史博物館、藝術館、

科學館和露天博物館），仔細品味「香港故事」，瞭解香港「六千年前的原始森林，香港被割讓的前因後果，香港九七回歸大轉折時刻」，逛一下獨具香港特色的「二樓書屋」，自有比逛景旅遊更大的收穫。

誠然，我的愛好不能代表所有人的喜好，那麼品讀《香港，你好》，有許多的特點，您抓住了它，一定能讓您準確、快速地找到心儀的地方。

首先是涉獵範圍廣泛。《香港，你好》一書，視角伸向了香港的名勝旅遊景點、著名的購物場所、富有香港風情的吃喝地方、承載歲月滄桑的交通工具、增長知識的「四館一展」以及貼心的「三急」問題解決方案等6個大類，觸覺敏銳開闊，對象不拘於泥。寫香港的名勝景點，不僅有歷年評出的「十大最美景點」中的海洋公園、鐘樓、星光大道和迪士尼樂園，而且向讀者推介了香港公園、香港濕地公園、海岸線、杜莎夫人蠟像館、中環、太平山頂、鯉魚門、赤柱、大澳、昂平、旺角、沙田馬場、黃大仙祠、會展中心、維多利亞港煙花等多個深得香港民心、被世界各地旅遊團喜愛的景點或項目。同時，先生又筆墨潑灑於各大購物廣場和超市，根據旅遊者的口袋、目的等，介紹了柏麗購物大道、海港城、男人街女人街等富有特色的shoping。還有，到了香港，吃喝甚麼最體現香港風情與韻致？「黃埔號」上的中式佳餚、日本和食、西式美饌、亞洲風情、港式美食、輕便美食，以「快」取勝的「速食」，讓您有懷舊情結的「大牌檔」等，定能讓您身居香港而吃遍全球，倍覺划算。

而最令先生念茲在茲的香港情結，那就是歷史、科學、藝術與書。「香港四館一展」，一般的旅遊團隊極少安排光顧這些地方，但是先生是讀書人，他的熱血裏、骨子裏全都是文字，文字就是他與這個世界緊緊相連的橋樑。他熱愛香港，深知這些館藏和書店裏的內涵，最能有力的撐起歷史的、科學

的、藝術的、充滿書香氣質的香港。

其次是景點介紹客觀。每一個城市的旅遊景點，儘管都尊奉「顧客至上」的理念，但絕對不是百分百的能做到盡如人意。本書文字客觀、真實，不誇張、不做作、不包庇，讀後令人信服。如《永遠的海洋公園》，盛讚「憑着地道的『香港特色』，打造獨特的『海洋精神』，世界獨此一家，別無分店」，筆墨中滲透著濃濃的讚美之情。建於1915年的「首席地標鐘樓」，百年滄桑蘊風華，大讚「它像九龍的守護神，屹立在維多利亞港畔」「它將維港、星光大道、香港文化中心、尖沙咀天星碼頭等一連串的海濱、商場、交通擁於周身，在某種程度上形成了拾配得宜的『遊覽鏈』」。而對於迪士尼樂園，則用《迪士尼優劣記事簿》客觀的剖析了這個「屬於美國文化」的四點不足之處：墮入「加價」的宿命、迪園大門設計外觀無氣魄、園內飲食不太理想、商業氣息太濃等，最後還誠懇地期待「還有許多弊病應改善，要加大力度才能真正使它轉虧為贏」。本書還十分貼心地提到香港的公廁文化，客觀地用「差強人意」來形容，言辭懇切地期望政府改變公廁「又少又差」的窘態，儘快改善大都市的「三急」問題。

第三是行文如流水般雋永。儘管《香港，你好》不是純文學的遊記，但是在許多篇文章裏，仍然可以讀到優美的寫景寫心情文字。先是標題就很詩意，《一塊美麗豐潤的綠肺》《寂靜忘憂的南蓮苑池》《懶洋洋的長洲》《風涼水冷電車遊》等，標題先聲奪人，引人入勝。其次是層次清晰，語言流暢，閱讀起來很舒服。大半的文章裏都用了一二三四點的格式，敘述事情深入淺出，在不經意間，就把人帶入到了樂意想去且極想融入的境地。如推介香港濕地公園，結尾句令人回味無窮，「濕地公園的創園，無疑具有重大意義，那真猶如一塊美麗豐潤的綠肺，在大地上一呼一吸地吞吐著新鮮空氣，歡迎你來分享。」在《旺角情意結裏》寫道，「儘管人流是那樣摩肩接

踵，聲音是那麼嘈雜，但手牽著手，這兒逛逛，那兒看看，其中的妙趣大家心領神會，不可言宣。畢竟無所事事也變成有所事事了。」很多的時候，文章會用反問的句式，引出為常人所不知的景致，如在《書店街》中，正文起首就用了兩自然段的問句，讓人在一問一答中，知曉個中緣由。「大受書迷歡迎的『書店街』，香港有沒有呢？有。一般讀者不知在哪兒；標準書迷卻知道在哪里，就在九龍旺角的西洋菜南街。」「西洋菜南街很長，究竟具體的在哪一路段呢？具體地說……與通菜街女人街平行。」

總之，《香港，你好》是先生用心譜就的一張香港旅遊圖，值得收藏，值得閱讀，值得與您為伴。

最後，送上一副對聯：

三六零視角，豁目開襟，實用地圖堪可握；

十萬余文思，行雲流水，真情畫卷值得藏。

於2017年7月24日寫就，7月25日修改。

作者簡介：

周小芳，筆名霽月，湖北省蘄春縣人。湖北省黃岡市作家協會會員，中國楹聯學會會員。湖北省蘄春縣林業局公務員。熱愛文字，愛好書法和對聯。有《姨兒》《禾雀花落醉金溝》《街頭的微笑》等散文、《向著太陽》等詩歌、《失落》《將就》《舞變》等小小說多篇作品在海內外發表。

目錄

歷史感和現代設計兼備的香港公園

　　被許多人不公平地形容為「鋼骨水泥森林」的香港，其實有許多著名公園。例如，位於太古廣場、臨近香港香格里拉酒店的「香港公園」就非常有名，不設門票，完全免費，值得一去。

　　到香港公園不難，其準確地址是香港中區紅棉路10號。到香港公園的交通非常方便：一是搭港鐵到金鐘站，走到太古廣場，利用向半山的電扶梯，一直搭到香格里拉酒店門口，步行約五分鐘即可走到香港公園正門口；一是在北角搭23號巴士，

到紅棉站（即纜車站斜對面）下車，即是香港公園後門。

香港公園正門口是一座高塔，地下牌子上寫着開園年份：1991年5月23日。

香港公園舊址是英軍駐港營地。園內的茶具文物館，就建於1844年到1846年，原名旗桿屋或司令部大樓，在1978年前是英軍總司令官邸。因此，香港公園的改建，非常明智，一方面距離市區不太遠，另一方面，交通便利，面積不小，既有歷史遺跡的古為今用、舊瓶裝新酒，又有現代的新建的建築（例如設計得不錯的觀鳥園）、新植的植物、新闢的人工湖、園地（如奧林匹克紀念廣場）相配合，特色明顯，遊覽價值較高。

照我觀察，以及按我特地仔細遊覽幾個鐘頭的體驗，它的功能或曰「優點」可劃分四大部分：休憩鍛煉、親灸大自然、參觀遊覽以及實用。

首先是休憩鍛煉：園內面積很大，樹木濃密參天，有湖有樹，空氣異常清新，作為散步的去處，實在不做第二選擇。公園管理不錯，井然有序，十分乾淨。不但沿着一些步行小徑兩側，設有供人休息小坐的木長椅，而且大片草坪綠得耀目，許多人在這裏跑步啊、打太極拳啊。園內有湖，荷花處處，鯉魚爭食，許多攝影發燒友結伴來獵景，也見到很多在鍛煉身體的長者、婦女。除外，公園也很值得遊覽，幾乎所有植物、花卉都設有名牌，讓我們多認識一些植物和花卉。

其次是親灸大自然。主要的代表作、也是最吸引小朋友的「觀鳥園」——正式的名稱是「尤德觀鳥園」（尤德曾在1982年到1986年擔任香港總督）。小小園門口看來似乎不太起眼，但一旦走進才發現別有洞天，吊在樹頂之上的曲折棧道彎彎曲曲地好長，那種走在上面的感覺很好，輕輕的風聲、嘰喳婉轉的鳥鳴聲、潺潺的悅耳流水聲，令人不禁感嘆大自然原來可以

這麼美好！在城市裏所受到的烏氣馬上消解。慢慢觀察，就可以看到四個很大的鋼供架跨越高空，撐起了籠罩整個觀鳥園天空的不銹鋼圍網。據資料稱，從最上面到底部的高度約30米，鋼網覆蓋的面積達到3000平方米。在進口附近，詳細介紹了園內主要的鳥類名稱，主要是來自馬來西亞所產的80種鳥類，數量達到六百隻雀鳥。當然，走在設計得很有心思的棧道，還要擁有一顆能與雀鳥共鳴的心、一雙銳利的善於觀察的眼睛，才能看到最多的雀鳥，成為飛進你數碼機方框銀幕裏的美麗主角，成為永恆的觀賞對象。在觀鳥園，除了看鳥、傾聽鳥語，我們還可以親身體驗幾可亂真的鳥類生態環境、也幾乎可以逼真的熱帶雨林、豐富的植物，感受大自然的氣息如何與大城市不同。觀鳥園設有學生戶外學習參觀活動，但需要向辦事處申請和預約，批准後可以安排導賞服務。

　　第三是參觀遊覽。這些節目包括了茶具文物館、羅桂祥茶藝館、溫室植物和太極廣場內的俯瞰塔、抗「沙士」英雄紀念碑、奧林匹克紀念廣場。茶具文物館和羅桂祥茶藝館兩座建築的歷史都在160年以上。經一番修葺改新後，於1984年作為香港藝術館的分館之一，主要是收集、展出、研究與茶具有關的文物和資料。是國際第一間以茶具為主題的博物館。羅桂祥博士（1910——1995）捐獻了六百件多個朝代（公園前十一世紀到七七一年）的茶具及其他文物。1994年，羅博士又捐獻了六百方富有價值的印章，目前收藏在文物館一側的新建（1995年落成）的「羅桂祥茶藝館」，此館的陶瓷和印章展可供參觀，地下的茶室可以飲茶，不時還有茶藝表演。至於茶具文物館，常設展叫「中國茗趣」，主要介紹中國歷代的飲茶、煮茶方法和演變、無數的茶具展示，一樓則是短期的與茶具有關的短期專題展。

　　植物溫室的設計頗為現代，建在比較高的山坡，在此可以看到不同類科植物的樣板和它們的生態環境，室內的設計也很有現代感，室內佈置精緻用心，無論增加新知、欣賞、拍攝等都不失為最佳的地點之一。太極廣場如果有時間也不妨走一趟，主要由水池、長亭、俯瞰塔、抗「沙士」英雄紀念碑組成。在水池邊拍拍照後，不妨注意那小小的差點被錯過的抗「沙士」紀念碑，大約最少有五六個醫生的黑銅頭像圍繞置放於中央圓柱四周的小平台上，各自的頭像下方都有一段說明文字，介紹她們在九年前「沙士」橫行時為香港病人服務而感染「沙士」捐出生命的感人事蹟。至於建於2005年7月11日的奧林匹克廣場，落成開放時國際奧林匹克委員會會長羅格伯爵還來主持，唯規模比較小，一個小小圓形表演場地，周圍不多的看台，該是供需要表演節目時使用。

　　最後說說香港公園的「實用」功能。原來，這兒設有一個婚姻註冊處。如果從香港公園的後門進園，馬上就可以看到一個供行人步行到美麗遮陽玻璃管道，不消幾分鐘就來到了這兒的「紅棉路十號」婚姻註冊處。我們遊園時，那麼巧，就見到有一對新人到來註冊。比較城裏多處婚姻註冊處的喧鬧和繁華，這兒顯得幽靜，充滿了大自然的氣息，也不失為一種明智的選擇。

　　從正門口走出香港公園，很快就見到香港香格里拉酒店，從電扶梯下去就是太古廣場，不禁感慨萬分，星期六上午，公園，那麼近，但人是那麼少，也許他們都還在醉生夢死，和周公打交道？這樣好的公園，要是在外地，也許要收費，收了費，值不值得看還是一個問題。

　　我們應該好好欣賞和珍惜我們的香港公園。

一塊美麗豐潤的綠肺

——漫步香港濕地公園

　　香港濕地公園的名字聽説很久了，一直很想親睹其真實面貌，沒想到復活假期裏，因為兒子有車，我們得於全家七口出遊，得其所願。

　　不過是2006年5月20日開張的特別公園，年齡尚輕，迄今也不過十一年光景，但看起來很受香港居民的歡迎，名氣如日中天。我想其原因，除了獲得過香港建築學會的建築大獎外，主要還由於其總面積夠大：全園面積60公頃外加展館1公頃共61公頃。但最受歡迎的因素，我看還在於替「硬體」太多太強的香港「平反」或「正」了「名」。所謂「硬體」指香港整體

而言，一向給了人們「鋼骨水泥」森林的印象，以為香港無非是一個大都市，非常現代化、到處都是高樓大廈，一個購物城市而已；其實不然，香港還是一個有着一塊「濕地」可供散步遊覽、「軟體」資源足夠寬敞充裕的現代化城市。這就提供了完全地對香港印象改觀的可能。

香港濕地公園是特區政府漁農處和相關旅遊協會於1998年的共同構思和謀劃，耗鉅資，歷經七年的時間建成。頗為有趣的是其建成，竟然還帶點「愧意」的表白，說是當年政府開發屯門的土地，建造天水圍屋苑，破壞了很多的自然生態，這個香港濕地公園就是一種「補償」的實績。現在看來，「補償」之說未必很科學，但香港濕地公園的清新空氣、充足的陽光和相對完美的自然生態環境，都十足十地顯示她確實不失為一塊綠色的、純淨的香港美麗「市肺」！是否「最後」尚難定論，要看以後在其他區類似的公園是否陸續有來。

到香港濕地公園最好的時間應該是秋季。秋季天氣沒那麼熱，可以避去驕陽的毒烈，參觀遊覽實際上也是一次悠閒的漫步。不同年紀的遊者各適其喜，讓小孩接觸大自然的野趣，年輕男女情侶可以牽手拍拖，上了年紀的長者則不妨漫步散心，權當休憩小運動。要不然，炎夏來此，很多人只是躲在大展館裏歎冷氣，那就失去了來此地的意義，接觸的是空調而不是濕地了。當然，展館的內容很豐富，鳥類的標本、蝴蝶、龜、蛙、鱷魚的種類和解說、濕地的功能等各種有關的自然生態知識都會通過各種平面的、映射的形式向觀眾介紹出來。雖然也許和我們的專業、工作關係不大，只是參觀閱讀一次已經很足夠，但那觀鳥屋、紅樹林與浮橋、熱帶澤沼地、溪畔漫遊等等都是我們很難忘記的。比起香港公園，這裏頗得環境之利，水、地、陽光都呈現奉獻的姿態；比起海洋公園，這兒少了一

份娛樂性，卻多了一份清新濃郁的自然氣息。公園的設計也值得一讚，只要按園內精心設計的步行路線慢慢走一圈，歸途就不需要按來時的路線又重複走一遍。

炎炎夏季，來濕地公園尋幽探勝的本地和外來遊客不少，有一部分人怕熱，躲在展館，因此儘管是在復活節的假日裏，在園內小徑走的人不算太擠。大大小小同道，溫馨氣氛滿路，灑下一路的歡聲笑語和大呼小叫，令夏季的氣溫彷彿也增高了些。感受最好最深的是經過紅樹林裏的浮橋那地帶，許多人踏上去時，浮橋就搖搖晃晃得很厲害。當然，橋也可以設計做成不浮而相對固定，但就少了那一份驚險有趣的感覺。最妙的是橋底兩邊的澤沼地，由於地濕，樹林的落葉落下，在湖水的混合下構成了腐敗層，非常適合一些泥水地帶生物的繁殖和生長。我們就看到不少的螃蟹在上面爬動，不因人聲喧嘩驚動，而好似在豎耳駐足、警惕地傾聽。這澤沼世界的另類生態奇觀，安靜裏的微動，振奮了很多遊覽的人。

中途建造和設立了幾處的觀鳥屋，都是三層式木建築，樸實簡單，有望遠鏡設置，四四方方的樓，四面木板之間留有縫隙，方便涼風習習拂入，屋內周圍有長椅，作為腿倦小憩、抹汗喝水都是很好的小驛站。

最受歡迎的當然是「溪畔漫遊」了。慢慢走過大湖的曲廊，雖然沒有屋蓋，只有慣見的木扶欄杆，但湖面夠大，前後左右都是大片湖水，視野遼闊，拍照、散步都是不錯的好安排。湖上還特地種植了荷花，白色和粉紅色的蓮花盛開其間，吸引了不少手機和相機鏡頭的對準。在湖上漫步或溪畔漫遊都可以起到消暑的作用。當然，如果在夏末秋初來此，一定是更加明智的選擇，汗可以少出之外，天地間還多了一層涼意，坐在途中的木靠椅上思索生命，省悟「放下」的好處，豈不快

哉！

在展館底下大堂設有餐廳，一般中外遊客或香港人來此，都會跨越中午時間，因此吃午餐是必不可少的。這兒人頭湧湧，相當熱鬧。

令人印象深刻的還有兩處地方，如果喜歡，不妨拍攝點照片做紀念，一處是展示以濕地為背景的創作作品展室，裝飾以木色為主，顯得雅致舒適，牆上貼滿了剪紙作品和繪畫作品，主角都是濕地內的飛禽鳥獸。作品色彩和諧，造型逼真，藝術感很強，整體命名「濕地藝術家」。另一邊牆，貼滿了有關各類講座和創作坊的講題、時間的海報。這個展示室，中間還有座位供你休息小坐。另一個就是香港濕地公園的大門口，建築得壯觀雄偉。一邊是遮陽人行道，上面木架爬滿了藤蔓花草，售票處就設在其下；另一邊是綠色草坡，呈現一種大斜度，香港濕地公園的玻璃大門就夾在中間，顯出了廣闊悠遠的氣度，看上去很是壯觀。

香港濕地公園門票三十元，小童學生長者減半。那樣廉宜的消費，那樣知識和郊遊兼具的公園實在值得走一走，看一看，香港素來給人以商業氣息濃厚、高樓大廈密集的印象，香港濕地公園的創園，無疑具有重大意義，那真猶如一塊美麗豐潤的綠肺，在大地上一呼一吸地吞吐着新鮮空氣，歡迎您來分享。

寂靜忘憂的南蓮園池

　　許多人恐怕沒來過南蓮園池，甚至也沒有聽過其大名。一方面歷來宣傳得較少，另一方面，「南蓮園池」四個字讀來不是那麼順暢，多少影響了其聲名的遠播。但香港印備的旅遊地圖，南蓮園池赫然作為景點之一。作為老香港，未到過此地，未免有點說不過去。當我們的台灣金門客人居然在其非常短暫的來港行程上將參觀遊覽南蓮園池作為節目之一時，我們不能不驚訝了好半天。大概之前有人為他們大力介紹「南蓮園池」的種種好處了。趁陪同客人之便，我們也將南蓮園池遊了一遍，並索取了一些資料。

　　原來，南蓮園池是由香港特區政府委託「志蓮淨苑」（在

南蓮園池一側）於2003年規劃和設計、共同建設的。政府撥款
作為基本建設，其餘費用就由志蓮淨苑靠社會人士捐獻。南蓮
園池的確切地址是在九龍鑽石山鳳德道六十號，其佔地面積總
共是35000平方米，於2006年11月15日正式向市民公眾開放。
每天開放的時間是從上午7時到晚上9時，不需門票。那天我們
一進園，就有女義工黃導遊非常熱情地引領我們進入且不斷解
說園內的種種。我提到「南蓮園池」四個字頗為難讀。她說，
主要這公園與一般公園不同，如此取名，乃因每個字都有其獨
特意義，如此才能準確體現其特點。我們對園池有義工的出現
感到好奇，她說目前義工共有幾十名，為遊客服務。

南蓮園池是一座唐式風格園林建築，據說是參考山西的唐
絳守居園池的設計藍本建造的。我們進園之後，會為那些精緻
的木結構建築群感到萬分驚訝，在香港這樣的現代化都市，竟
然也可以有這麼好的工藝嗎？原來，這是志蓮淨苑邀請中國國
家文物局、中國文化遺產研究所組織安排中國古建築專家、工
匠設計建成的，其工程的博大精細、手工的嚴謹高超都令參觀
遊覽者嘆為觀止。能在香港欣賞到那麼好的、以假亂真的唐式
園林建築群和小品，誠屬一件奇事。當然，做為傳承中華文化
的建築藝術，這座南蓮園池也成了重要的一部分。再說，在香
港，公園多屬現代公園，缺乏中國古典文化氣息，能在香港遊
覽到一座與眾不同的唐式園林，具有不同凡響的意義。

南蓮園池是單向回環式園林，如果有義工導遊帶領當然很
好，可以事半功倍地將園林慢慢遊覽一遍；不過因為是單向路
程，不像一些主題娛樂公園那樣叫人眼花繚亂，自己沿着通幽
小徑慢慢漫步，也可以將園池遊覽一遍。基本的路線大致是；
進了入口烏頭門之後，先參觀很值得一看的中國木結構建築藝
術館，在這裏可以在較短的時間內，通過一些很有代表性的建

築模型了解到中國傳統的建造藝術；接着通過難得一見的古榕道，就看到蓮池出現在我們視野中，池內有鯉魚在清澈的水中優哉游哉地棲息漫遊，欣賞了漆紅的橋和池中央的圓滿閣以及湧泉山之後，就可以進入面積不小的香海軒遊覽參觀了。香海軒是個多功能館，可以供展覽、演講、表演、開會、發布會等用途，面積約176平米，可容納180個座位。我們來遊覽時，正在舉行瓷瓶展，展品非常豐富。值得一提的是，香海軒外有個不小的四合院式的中庭。古樹草坡，山石古雅，景色淡素，氣氛宜人，很適宜拍照留念。接着就可以經過亭橋到松茶榭茗茶。中國的亭子，如果建在湖邊或水中，就稱為「榭」。此松茶榭範圍浩大，頗有氣派。不過，我們來到這一日，未見開放，估計平時人客稀少，較難營業。據介紹，在這兒茗茶，以武夷山茶和普洱為主；整個松茶榭環境清靜，仿如世外桃源，能夠與三兩知己在此偷得平生半日閒茗茶，實在是平生一大樂事。從松茶榭出來，就會經過三層高的專門供人吃素菜的龍門樓。在水車磨坊前留影後，可以參觀賣一些工藝品、文房四寶的唐風小築內的意藝館。也不要忘記在石館內參觀紅河大化彩石。參觀者通過一道橋，不妨繼續遊覽建築年代早於南蓮園池的「志蓮淨苑」。這兒的主色彩是灰色，寶殿內有佛祖像供人燒香膜拜，也不妨順便參觀此地所設的安老院。至此，遊覽的行程也可以告一段落了。

如果問：這個位於鑽石山鬧區的南蓮園池有甚麼特點呢？確實是有很突出的特點。它由山石、樹木、流水和唐式各種木建築小品四大元素組成，完全不同於多元化的主題娛樂公園，也有別於現代的動植物公園，是以中國古典園林的意趣標榜的。當然，有些朋友可能不喜歡人工痕跡太明顯的園林，但作為中國園林的代表性「模型」，南蓮園池的確是非常棒的。院

內的小徑，兩旁有羅漢松、柏、槐等多種樹木圍繞，綠蔭蔽日，走來不會覺得太炎熱；安置在園內的石頭，種類也眾多，令人眼界大開，最妙的是對水的設計和處理，動靜兼具，姿態各異，例如與水有關的景點就包括了蓮池、蒼塘、湧泉、銀帶、松溪和瀑布；而木建築的小品最是齊全，有亭、台、樓、閣、榭、軒、齋、橋等等。園林在傳統的中華文化中完全是一門藝術，講究不同角度、視角和方位，石頭和水流就是一對配搭，所謂山水相依，山繞水轉，山因水活，水因山美。我們在園內，可以慢慢品味這些富有人工美和自然美的景色，體驗中國山水園林的藝術。

　　不像一些現代公園的太喧鬧，這座園池，許多富有心思的設計都力求安靜，因此一些建築材料和機件都採用了最好的隔音設備。當外面的世界不夠安靜，騷擾到我們安靜的心、當我們為人生、人事的種種雜事煩惱、無法排憂的時候、當我們有事想不開時，不妨來到南蓮園池，靜修半日，或走走看看，一切的「放不下」都會放下了。它，確是一個好去處啊。

永遠的海洋公園

　　一位上海母親帶着自家孩子和同事的孩子來香港遊覽，前後不過三天時間，問她去了哪兒玩，她說，我們去了海洋公園、迪斯尼樂園和大嶼山玩，然後對我笑笑：「我們的行程非常經典吧？」我大大吃了一驚。這樣的行程節目，豈止「經典」而已？在經濟方面，也堪稱大手筆啊。可以說，香港的三大遊樂區，已被她「一網打盡」矣！她和孩子可說「沖」着「娛樂」來的。

　　靠山面海、位於香港仔黃竹坑的、面積17公頃的香港海洋公園開張到2014年，已是第37個年頭，成為香港不少市民的「共同記憶」。如果用人來作比喻，就是進入「而立」與「不

惑」的壯年時期了。有些在七、八十年代到過海洋公園的人在與它睽違三十年之後舊地重遊，可能會大吃一驚！那如脫胎換骨的大變身，已不復當年（1977年開張）「淳樸、簡單」模樣。與人的拼搏一樣，要有不竭的生命力和永遠吸引遊客的無窮魅力，就要不斷改善和有新的創意。上任最久的掌舵人盛智文是一位外國血統的香港人，凡事親力親為，扮鬼扮馬，點子特多，經常有新專案、新構思、新措施，尤其是在迪斯尼樂園開園後，更是不敢稍有麻痹怠懶，面對激烈競爭，終於還是能將海洋公園帶出一片新天，立於不敗之地。本港多次選舉香港人的「十大最愛景點」，它都能輕輕鬆鬆上榜！如今，因為它陪伴了香港一代人的成長，竟然已成了香港人的「共同記憶」，也成了娛樂、參觀、休憩、遊覽、認識大自然（海洋）幾重功能均具的重要公園。

海洋公園三十幾年來，已成為中國大陸「自由行」後的「最愛」遊覽地之一，人數比率直線上升。2003~2004年，內地入園人數占39%，2004~2005年為56%，2009~2010年為56%，2010~2011年為59%。雖然面對美國文化味很重的迪斯尼樂園的強大威脅，依然能保持遠超迪園入場人數的優勢，不能不說是一項奇跡。2010~2011年迪斯尼樂園的入場人數是594萬人次，海洋公園是700萬人次，內地遊客占了54%。如果我們聯想到迪斯尼出產於美國，且在東京、法國等地都有買了美國專利權的版本，其名氣較香港海洋公園大得多，香港海洋公園猶能勝出，我們不能不佩服這種「海洋精神」了。從另一個角度來看，海洋公園能成為「香港景點十大」的常客，成為香港一代人的「集體回憶」，卻也正是憑靠它地道的「香港特色」、世界獨有一家，別無分店。其開園宗旨明確、純粹出諸一種認識海洋、保護海洋的目的。寫在「海洋奇觀」內的這兩

段話，十足的環保意識，寫得何等好啊：「冰川在融化，海洋在變暖，生態平衡崩潰了，您所接觸到水世界已觸礁，成千上萬的物種頓失家園。」「氣候變化正影響着海洋，還有您、我、他！我們可改變海洋，快減少能源消耗吧！」

歷史長達37年的香港海洋公園，陸續有新設施吸引客流。例如，2012年逢其35周年慶典，又遇龍年，園內就出現金光閃閃的大金龍，而在稍後的幾個月，又有一級國寶金絲猴等珍禽的加入，復古電車、天星碼頭、鐘樓、郵電局、人力車、大牌檔、傳統小食等的添置，掌舵人盛智文鬼點子很多，不時搞搞新意思，叫人驚訝的是他還扮壽星公「粉墨登場」哩。

如果是睽違二十幾年才到此舊地重遊，當會有種驚豔的感覺。攝入眼簾最強烈的不同感覺是，色彩感濃化，顯然遠勝初期；對「海洋」氣氛的營造不遺餘力。那怕在很細小的角落、不為人注意的小賣部、攤位、廁所，都有有關海洋（或動物）的刻繪、標誌或設計。最典型的是廁所，外觀之美，竟也可作為拍照背景，內裏乾淨，毫無異味，連替嬰兒換尿布的地方，也精緻訂造，叫人歎為觀止。海洋列車的古典設計如果説還有仿古意味的話，那麼出現在列車天花板上的動感海洋螢幕，頻頻出現的那些海洋深海畫面，就令人有種置身于海洋之感，完全壓倒了迪園的同類設計。一張全園地圖指南貼在中心地帶，我們赫然發現，海園，已遠非當年模樣了。最大的變化有這幾方面：首先是高空的纜車和地面的列車並列。早期從門口範圍（現稱為海濱樂園）到海洋劇場範圍（現稱為高峰樂園），需坐纜車，舍此別無他途，如今開闢了「海洋列車」，乘客可以從這到那，約五分鐘抵達，如此一來，刮颱風的日子，完全不妨礙進入山的另一頭繼續參觀遊覽。其次是新館、新設施的增加，當然，這是任何樂園都必走之路，所不同的是，海洋公園

的佈局較往昔更合理。前後兩大板塊分為夢幻水都、亞洲動物天地、威威天地（攤位遊戲）、動感天地、熱帶雨林天地、海洋天地、急流天地。叫人最觸目的是熊貓館的設立，還有亞洲動物天地、熱帶雨林等都是以前沒有的新生事物。亞洲動物天地動物太少，但熱帶雨林的增加和設計就較為精彩，也很專業，處處配合着模型或實物、標本做簡要的文字介紹，別看寫得簡潔，無不參透專家學者的心血。難怪不時見到學校老師帶着小朋友來參觀，公園還舉辦保育繪畫比賽。最後是年輕人的娛樂措施，也顯然比以前多得多了，如甚麼七彩升空飛球、翻天覆地、超速旋風、雷霆節拍、橫衝直撞、動感快車、摩天巨輪、太空摩天輪、搖擺船、翔天飛鷹、極速之旅、瘋狂過山車、滑浪飛船等等，玩意之多，叫人眼花繚亂，但聽得一陣陣狂呼亂叫，看得長者們目瞪口呆，也讓迪園望塵莫及。這些半是人工半靠科技的玩意，傳統的設計往往有了新變奏，注入一些新意，隨着流逝的歲月慢慢地在進步和改善，我們見證着它們的變化，也從好玩的年代變成只能「壁上觀」了，看着我們的孫輩坐在那裏，剩下的是我們為之拍照的份兒了。

海洋公園最受大小遊客歡迎的是環形、深入地下幾層的、提供豐富海洋知識的「海洋奇觀」和設有看臺、參觀海獅、海豚表演的「海洋劇場」。這兩樣歷史已長達三十幾年的傳統保留節目，的確讓我們百看不厭，畢竟是大自然——我們的海洋好朋友的演出，我們感到親切和驚喜。

在園內走累了，不時發現供人吃食、休憩的幽靜角落，擺有一些雅致的座椅，勾起我們歇息一會的欲意。一邊飲咖啡，一邊望落葉飄零，那感覺真好啊。

迪士尼優劣記事簿

　　雖然屬於美國文化，但被世界普羅大眾所接受之後，就成為地球各國人民的共同財富了——迪士尼樂園，正是這樣的東西。尤其是旅遊業成為世界的一大共同產業之後，能夠刺激旅遊業，為各國的財庫增加銀寶的文化、娛樂措施，都「不妨拿來」。迪士尼樂園巧妙地將娛樂、創意產品、遊客融入和消費結合在一起，策略非常成功。因此，雖然本人不很欣賞，也過了好玩的年紀，但對迪士尼的關注一直不斷。從它的虧損巨大到慢慢回本，從幾次的風波到不利新聞的接二連三，從與海洋公園的競爭到屢次處於下風，從被批評「太過迷你」到增加三個新園區的擴建……不管怎麼說，在香港，最大型的綜合娛

樂、主題公園僅是海洋公園和迪士尼樂園兩家,因此,「鹿死誰手」或創造雙贏、或兩敗俱傷?大家都很關心。因為身為主人的香港人,當然都希望兩者都受到遊客歡迎,兩者都有不錯的經濟效益。

在一片香港迪士尼太過「迷你」的批評聲中,迪園終於決定開闢新園區,包括了「反斗奇兵大本營」、「灰熊山谷」和「迷離莊園」三大新的主題園區。本來,計劃中的完工時間表,都沒那麼快,現在看在「早點收錢」的份上,居然都提前竣工了。平均都提早了一年。「反斗奇兵大本營」已經交貨了;「灰熊山谷」在2012年中建成。「迷離莊園」則也將在2013年上半年投入服務。聽說迪園無計劃加價,但不排除因為通脹的壓力而在年內加票價。話說得很巧妙、留有餘地。

迪園既然是香港的一大旅遊、娛樂資源,其問題不只是「面積小」、「娛樂設備少」等等問題;迪園其實還有種種缺陷、不足,需要大力改善,否則,她在短期內仍然難於與海洋公園匹敵。

首先是不要墮入「加價」的宿命中。海洋公園規定長者免費入場,已勝了迪園一籌,如果迪園再加價,勢必把門票又推上一個高峰,令一些經濟欠好的人裹步不前。那就大大影響入場人數和收入。投資投資,最重要的是目光一定要長遠,不要抱着「昨天我花了多少錢,今天我就要賺回來」的心態,那往往弄巧成拙、急功近利,欲速則不達。其次,迪園大門口的外觀設計的確有點令人失望。顏色太沉了,氣魄太小了。不像其他國家,例如日本大阪的環球影城,進門處就是一個巨大的地球,吸引很多遊客以它為背景拍照;香港迪士尼的門口竟然沒有甚麼好看的景物、色彩、建築讓人「驚鴻一瞥」或臨別時回眸依依,實在不能不說是在藝術上的一大敗筆!

　　第三點是園內飲食問題。不能攜帶食品進場，我們可以理解，正如一般的食店，也不允許顧客帶其他的食品進店一樣，怕影響了自家的生意。這些都是可以理解的。既然如此，那就應該把自家的「好東西」端出來，賣給人家。如果既不讓人家自帶食品又沒甚麼好東西招待人家，那不是很奇怪嗎？但園內的食物供應恰恰如此，太不理想。食物貴些可以理解，畢竟是在遊客集中的娛樂設施內營生嘛，但貴而又不好吃，那就太對不起遊客了。有怎樣的價錢應該交足怎樣的材料與品質，這是經營餐廳應有的商業道德呀！在迪園，有好幾家餐廳，情調還算不錯，有一家，裏面還有王子與公主跳舞、美女與野獸的雕像哩。可惜的是弄出來的、端在飯枱上的，色香味均欠奉，談不上甚麼美食，真是令人大大失望。餐廳內也賣零食，也許這些零食日日不同，我們去那一天，賣的是煮蘿蔔。看起來很是誘人，吃起來卻太爛。唯獨正遇到肚餓，甚麼都變得好吃。

　　第四為商業氣息太濃了。園內應以娛樂設備為主，多一些，精彩一些，例如像「獅子王」這樣的超大型歌舞節目和3D影院，不妨多搞幾個樣式不同的，這樣觀眾就可以有多一些的選擇，但迪園不然，倒是在售賣迪園產品方面出大力。有關的商店設立了好幾家，應有盡有，價格貴得驚人，店鋪也多得驚人。這些系列商店擺明了其商業特點，可說將迪園的幾個「明星」——米奇老鼠、唐老鴨等等的商業價值利用到極致。如果愛甚麼就出手買甚麼，我相信門票加上紀念品，每人非消費千元不可。商業氣息還表現在服務生在標誌性建築——城堡前為遊客拍攝的事。最初我們不太明白其中的奧妙，聽到他說「樣板可在前面的辦公室看，我們才明白相機可以連接電腦，非常先進；可惜，照片的售價也貴得驚人。如果定價向下降落一些，反而可以招來更多生意。

　　最後是有關節目的安排。應該像是在執行重大任務那樣，嚴格執行，不能隨心所欲。我們去迪園那一次，竟然在門口附近的地方看到了「告示」，說的是迪園的當日大巡遊取消。沒有說是甚麼原因。這是令我感到最費解之處，須知大巡遊是迪園舉足輕重的皇牌節目，未看過大巡遊就為未來過迪園，看來是有一定道理的。當然也有值得大家稱讚之處，譬如，遊船河一項，安排得很精彩；將遊客按照所操的不同語種分為三隊：粵語、普通話和英語。因為船上的導遊正是分講廣東話的、講普通話的、講英語的。這種「人性化」的安排和設計，在香港其他娛樂場所比較少見。

　　香港迪園的問題，說穿了，並不是簡單的「面積細」這樣的一個問題而已，還有許多不足，連接地造成了它的種種問題；迪園增加新園區，是一件大好事，但並不是主題新園區越多，萬事就OK。還有許多弊病應改善，要加大力度才能真正使它轉虧為贏！

香港的公園與市肺

　　香港的整體綠化，遠不如新加坡。後者綠化很好，整個城市好像一個大花園。大概為了補救綠化的不足，在香港，除了傳統的公園外，四處可見的「鬧市中的公園」，又稱為「市肺」，蔚成奇觀。是的，香港現代化的污染很嚴重，這一塊又一塊的迷你型公園，就好像城市中的「肺部」，在這相對寧靜的一角，可以呼吸到哪怕一點點的「新鮮空氣」，所謂新鮮空氣就來自那些屈指可數的可憐的樹木。然而，無論如何，這也好過整個城市的烏煙瘴氣，看不到一點「綠」。因此，香港的市肺，其實就彌補了香港公園的不足。

　　香港傳統的公園一般覓地而建，較大，四周環境也較好。

或臨海而建，近河而築，譬如土瓜灣的海心亭公園、沙田城門河公園、大埔海濱公園；或佔地和規模空前，幾乎成了香港九龍地標或景點的，如九龍公園、維多利亞公園、香港公園、摩士公園、九龍城寨公園、淺水灣公園等等。它們儼然自成一「國」，不乏捧場客。香港的公園與市肺，功能是多元的，不單單是休息的地方。

先看一看一般的公園。

香港的公園沒有外國一些公園那麼有名。與政治牽上關係的只有維多利亞公園。這個公園除了集會，還舉行過一年一度的工展；早期，有好幾屆配合香港文學節的書展也在這裏舉辦。還有花展啦，年銷市場啦……由於位於香港市中心的銅鑼灣，這公園遠近聞名。其他公園，就沒有那麼有名了。但不管怎麼樣，市民將公園當作運動（不僅僅是晨運）的場所，幾乎與內地沒有甚麼區別。在土瓜灣的近九龍城碼頭的一個大公園，每天清晨，就可以看到一片極其熱鬧的、生氣勃勃的景象。年輕小伙子在跑步，圍繞公園跑一大圈；阿伯阿嬸，年紀大了，不是在搖頭甩手，就是在彎腰踢腿……更精彩的是，有的學習班，老師帶領全班的「老學生」在此打太極拳啊，舞劍啊，跳舞啊……

香港的公園一般供人運動、休息，不准喧嘩。在荃灣和屯門的公園曾經發生過一些僑生歡聚集體練歌而被附近市民告以「破壞環境寧靜」之罪，鬧得揚揚拂拂。高歌者大展歌喉，聲音高唱入雲，越唱越滿意也越得意；附近的市民卻認為歌聲不雅，至少擾人清夢，於是官司猶如火山爆發。從這裏我們似乎了解到，香港的公園，其實是不准嘈雜胡鬧的。您可以做做活動，散散步，坐在樹蔭下的長條椅子上看看書，但就是不准大聲說笑和唱歌。

香港的公園主要給人休息、玩樂之用。有不少公園，除
了設有不少木排椅子可讓老人坐着休息、看看報紙、下下棋，
還有不少供小朋友玩樂的設施，譬如轉圈圈啦，滑滑板啦、翹
翹板啦，鑽洞洞啦……一般蝸居在五六百尺的公屋內的主婦或
女傭，往往就會抱着孩子或牽着孩子的手，來到公園。天然的
玩樂設備，方便讓小朋友玩個盡興，看顧她們也就省去大量功
夫。最妙的是一些男長者，不少人集中在小亭子內圍觀，看着
老棋手在對弈，大家都十分投入。這，也是香港長者消磨時間
的一種方式吧！而在公園另一角呢，媽咪正陪着兒女玩樂。也
有些老人，看來孤苦伶仃的，沒有老伴也沒有子女，終日坐在
公園的長椅上發呆或閉目養神，看得人辛酸，不禁想起了他們
背後的故事，一定不足為外人道。

除了運動、玩樂、休息之外，香港的公園還能提供我們對
一些植物花卉的認識。不過，並不是所有的公園都有那麼豐富
茂盛的樹木。這需要植物較多的公園才能勝任。一般的公園，
能種植一些常見、普通的樹木已經非常難得了。香港是很典型
的現代化都市，綠化嚴重不足；除了新界的綠化較為悅目，叫
人感覺不錯之外，港九的市區、鬧區，簡直是一片鋼骨水泥的
森林（譬如旺角），而不是綠色森林。因此，分佈在港九各區
的無數大大小小公園，是彌足珍貴的，不能不叫人萬分珍惜。
它們像一片沙漠中的綠洲，調節着過於灰色、污染太嚴重的香
港現代化氣息。香港今日有那麼多不知名的公園，政府正是從
這方面去考慮的。

不信，再看看那些「市肺」吧！市肺遠比公園小得多，但
政府簡直不遺餘力。

有時，我們看到，大廈與大廈之間，剩下那麼一塊小小
空間，沒有車子行駛，也很少人經過，突然，被整修了一番，

中間種有一棵樹，四周圍圍起了籬笆，裏面在樹下擺了兩張
長椅，上面竟也築起了玻璃蓋，儼然成了附近老人早晨傍晚
休息、打盹、讀報紙的地方，儘管此市肺範圍總其量也不過坐
滿七八個人。有時，明明那塊地方，是三條馬路交叉的地方，
不整理也沒甚麼，但不利用又好像很可惜，於是一塊三角形的
「綠色市肺」突然出現了，真是叫人沒想到，這樣的三角地帶
也會被「廢物利用」。香港政府用心良苦，盡量挖掘有限的空
間，發展「公園事業」、發揮「市肺功能」，於此可見。「公
園」的概念，在香港可以說是和「見縫插針」、「綠色」、
「迷你」聯繫在一起的，完全不同於台灣「太魯閣國家公園」
式的概念，那種公園幾乎包羅了整座山甚至幾座山和長長的大
河流。香港的公園很多是在夾縫中生存的。

　　香港市內的公園和市肺，不管其大小如何，都是屬於康樂
及文化事務署管轄範圍。我們經常看到有人在種植新樹木、修
剪樹木枝椏，看來管理工作都做得有條不紊。最妙的是在瘟役
（流感之類）猖狂的日子，特區政府為了不讓市民患病，特地
安排人手到某些公園，將枝椏太多，葉子太密的樹枝鋸掉，以
免雀鳥飛來，棲息在樹上傳遞疾病。有時，我們還會看到，一
些弱小的、異型的、搖搖欲墜的樹木，身子被一些木板架住，
以免折斷或發育不良，內心生出一陣陣感動。是誰，將工作做
得那麼細呀！

首席地標：鐘樓

　　相信海內外遊港人士沒有不知道位於九龍尖沙咀碼頭的鐘樓的。這個著名的古蹟雖然高度不過44米，但它像九龍的守護神，屹立在維多利亞港畔，成為九龍的「首席」地標。多年前旅遊當局讓香港公眾對香港景點投票，鐘樓與星光大道、時代廣場、海洋公園等景點成為「十大」，是香港公眾和外地遊客最喜愛的景點（建築物）之一，且名列前茅。對於歷史悠久的鐘樓來說，堪稱當之無愧。

　　鐘樓建於1915年，到了2015年就是它的「百年誕辰」了。早期，它屬於九龍舊火車站的一部份。上世紀五十年代至七十年代的中國大陸「移民潮」，鐘樓始終是一位見證人。從大陸來

港的同胞，或由香港到中國大陸探親的香港居民，都經過鐘樓，來往兩地。一直到港英政府決定在舊火車站位置興建香港文化中心，1978年才將舊火車站拆去，遷往現在的紅磡火車站。1989年香港文化中心建成，11月便啟用。看來設計者也頗花了一番心思，鐘樓和香港文化中心，一老一少，年齡相差達七十三年，但絕無「老夫少妻」的感覺。古鐘樓外觀一柱擎天，紅磚灰石（花崗岩），上有構造精緻的小屋，豎起一支7米長的避雷針。最初並沒裝上時鐘，一直到了五年後的1921年，鐵路局才在閣樓上裝上了重約一公噸的電動時鐘。從1921年3月22日開始，鐘樓的時鐘開始運行，為市民服務。如果日統時代的一度停用不計，它迄今已走了七十八年了！據悉，它原來還有一個聲響不小的響鬧裝置，頗有一點打擾居民安寧休息的副作用，終被移往沙田火車站的大堂，供人參觀。2006年開始，政府決定逢星期日將鐘樓對外開放，中外遊客來遊覽者絡繹不絕。

說鐘樓，不能不提起它的親密「夥伴」香港文化中心。建於舊火車站原址的這座造型特別的建築，遠從維多利亞海面行駛的渡輪上就可以很清楚地看到。畢竟它瀕海而立，顏色呈現一種米黃，密封的外牆不見一個窗口，初看有如兩座變形的金字塔的聯結。最妙的是柔和起伏的線條，也可以說是四方形和弧形融合而成的幾何圖形，與鐘樓的長柱形，形成了一雄一柔的絕配。將這樣一個充滿現代線條和新穎構思的建築放在古鐘樓一側，又位於海港之畔，可以說是天造地設的建築和景點典範了。這個文化中心，內有劇場、藝術圖書館，地下有酒樓，另一側有面積不小的看海廣場。人們經過香港文化中心時還常看到新郎新娘在拍照，原來這文化中心辦事樓設有婚姻註冊處，也成了除中環的大會堂之外，新婚人士愛攝影之處。再

走過去，就可以看到那座像是半個大蛋的太空館了。這兒不時有立體電影放映，以推廣太空、地球知識為其主要使命。可以說，整條尖沙咀的梳士巴利道，都有不少值得遊覽之處，旅遊價值很高。這其中，鐘樓成了領群「雞」之「鶴」。

「景點」還不止這些。從鐘樓走出來沒幾步，就是尖沙咀「天星碼頭」。這個碼頭在港九的碼頭族群中，資格、歷史都比較老。它是從海運大廈（舊時的九龍倉海邊）的舊碼頭遷來的，前身在1906年被颱風摧毀。這天星碼頭渡輪可到中環、灣仔，航次密，駛至深夜十一時左右，客流最多。最令遊客滿意的是碼頭前還設了一個巴士總站，不少巴士路線以此作為終點。由於海陸交通四通八達，又臨維港，尖沙咀碼頭附近所有空地就成了觀看煙花、新年倒數的最佳地方，其熱鬧不亞於時代廣場。

有着這麼多「附帶」建築群作為「配件」以及交通優勢的尖沙咀鐘樓，於1990年被列為法定古蹟，是理所當然的。鐘樓一帶，還形成了新舊交相輝映、遊覽、攝影、漫步「三合一」的絕佳去處。如果你的親友來自外地，在香港「空閒」的時間只有半天，至多不超過一天，又想「看一看」，那帶他到哪兒比較好呢？鐘樓一帶可以說是第一撰擇。

著名的星光大道很難再「擠」進這半天的時間，畢竟它有點東西讓你看，讓你慢慢讀、細細看、徐徐走，品味一下已流逝的聲色光影；有時還可以拉拉手，談談情，交交心，甚至情到濃時接接吻，所以是需要時間的。遊鐘樓區需要專撥至少半天時間。你的路線圖，大致可以這樣：在香港文化中心巴士站下車，先在太空館周圍走一圈，拍幾張照片；再慢慢往文化中心面海的廣場走去，這兒有很多仿羅馬式的門、柱，又有港島高低不齊的高樓大廈作建築背景，縱然不太懂取景角度的攝

影初哥也會拍出很不錯的照片。然後可向鐘樓慢慢走去了，若在星期天還可上閣樓看看。鐘樓一側，樹木挺立，襯托着長方形的水池、新建的仿希臘柱子；又有與鐘樓色調相配的空中廊道、旋梯供遊客從不同角度拍照，常年吸引很多中外遊客留影。因為很有特色，拍出的相片也就具有相當的香港色彩。接着，如果時間足夠，不妨到天星碼頭搭渡輪到中環，來回不需幾十分鐘，卻可以一觀維港風采和一嘗渡輪滋味，體味一下香港上班一族特別緊湊的寫字樓生涯。然後就走馬看花地逛一逛歷經滄桑而今美輪美奐的海運大廈（現合為海港城）吧！也可能空手而出，但卻真正見識了甚麼叫名牌。走了大半天，餓了，可以選擇到星光行地窖的快餐店解決午餐。

　　鐘樓以「舊」帶「新」，是港九罕見的遊覽價值極高的風景區：集海濱、商場、交通於一身。一連串的建築物都在顯示其不同效能，在某種程度上形成了搭配得宜的「遊覽鏈」。據說碼頭前的巴士總站將被拆去，頗引起了非議。皇后碼頭被拆已招來部份人的不滿，這兒呢，是真正的、更多香港市民「集體回憶」的凝聚地。一旦拆去，「鏈」似缺了一環，不能不謹慎從事！

漫步星光大道

　　香港常有十大景點評選活動，海洋公園、時代廣場和星光大道都是其中的熱門。這幾個「景點」都具有不同性質和功能，例如海洋公園集遊樂和風景觀覽的雙重作用，時代廣場建築造型有着獨特風格，也成了新舊年群眾聚集倒數的最佳場所。然入海洋公園需付並不廉宜的門票，且位置距市區偏遠；時代廣場畢竟太擠迫，人一多就沒有迴旋的餘地。要論最經濟、最有遊覽價值，集休閒、遊覽、觀賞、留影等多功能的景點，當推尖沙咀的星光大道莫屬。2004年10月，金門島的李炷烽縣長率團十餘人訪香港的金門同鄉會，時間頗為緊迫，逗留在港的時間除去訪問，不到半天，一下飛機，在酒店放下行李

後，就提出想遊覽星光大道，由筆者任「導遊」游了一遍，可見星光大道名氣在外，不同凡響。

星光大道的「入口」在尖沙咀新世界中心的右側，沿九龍維多利亞港海岸線而建，慢慢走的話，可以消磨大半小時光景。雖然其中在地板上設有當紅明星蓋上手印然後製成水泥模型的意念來自美國荷裏活，少了些許創意，但設計者充分利用了香港所獨有的維多利亞港這個現成的自然資源，不致「暴殄天物」，將休憩、漫步、觀賞、遊覽和拍攝等幾方面的好處集中在一起，非常富有腦筋，尤其是不設門票這一點，令香港市民及其它國家的遊客都大大得益，僅就這一點來說，我們就該給最早的設計者頒發一個大獎。我們不能不說，香港的海景再美，可是如果沒有這麼一條星光大道，無論怎麼說，都是一個大遺憾。沒錯，舊鐘樓依然在，尖沙咀碼頭到香港文化中心一帶，仿羅馬的建築中那瀕海的長廊，每日早就遊客不斷，我們不難看到拿數碼相機和擺甫士的人，算是一個拍照的好地方，但長廊畢竟太短，沒有慢慢遊覽的可能，而星光大道就彌補了這種不足。

先說休閒：星光大道一側就是維港。在炎熱盛夏中人人像失魂落魄地奔突于石屎森林中，渾身的臭汗，身心的疲倦，令人有着一種去度假的衝動；如果在下班後到這兒一遊，會覺得眼前一闊，景物忽然都不同了。尤其是當海風徐徐吹來，一邊讓全身沐浴在涼浸浸的海風中，一邊遙望又紅又大的紅日徐徐西沉，不但心曠神怡，身體有如又充了電，多少煩惱事隨風而逝，又可以充滿信心地迎接明天的新挑戰矣。

再說遊覽：星光大道一邊靠陸地，一邊臨維港，眼界完全沒有任何建築物阻擋，高高低低的香港島建築可說一覽無遺，我們可以設想到如果這時有一個導遊，他就可以帶點自豪

地暢談香港的歷史了，並對着港島的建築物指指點點：這是甚麼區，那是甚麼建築物……作為一個本地或外地的遊客，如果想像力豐富，這時還會感到：整個港島的形體輪廓都呈現在眼前，它就好像一個大博物館或展覽館呈現在面前，我們作為遊客，竟然可以取得一個最佳位置來參觀一個島嶼，多麼神奇啊。

其三說的觀賞是另一種含意：星光大道以「星光」命名，事緣沿着這條大道走下去，可以從一些留跡、文字和道具對曾經有過黃金時代的香港電影業作一番回顧。踏入大道，便見一具甚大的李小龍打功夫的雕像擺在當眼之處，一路走下去，除可以看到一些拍攝電影的器材大模型作為擺設和拍照的背景之外，還可以看到地上嵌有當紅藝人（主要是電影明星）的手掌印水泥模型，再有一些是已有定評的明星的姓名，已故的還寫上其生卒年份；沿途還有一些有關香港電影發展的介紹文字。因此，走一趟星光大道，實際上也是對為香港的創意文化產業作出巨大貢獻的香港電影業的一種致意。

最後不能不提的是，星光大道也是目前尖沙咀的最佳留影地點。眾所周知，外地的遊客到一個地方、城市遊覽，無論時間多麼短促，都喜歡拍照和留影。說來說去，最能夠表現出香港景物特色的，維多利亞港稱第二，相信沒有其他景點敢稱第一。在尖沙咀其他地點，無論你取景地點多麼好，都無法與星光大道相媲美。這條大道有長度，有氣魄，有港島作為全天候的布幕（背景）任你拍攝，沒有任何東西阻擋是其最大優勢；如果要拍港島，無論是清晨霧景或夕陽餘暉……隨天氣變化而有不同的面目；如果主角是人，只要背部向海地站着就可以了。沒有甚麼地方比這兒更能顯出香港特色和風情。

最後又想到年輕男女的拍拖了。現代香港的年輕人談變

愛，除了看電影、吃飯之外，已不太盛行逛公園。這也難怪，有些公園成了「市肺」，但空氣的污染十分嚴重，近期更有些公園成了吸煙者的天堂（吸煙區）。星光大道無論怎麼說地方比較開闊，有海風這個「吹塵器」，不存空氣鬱悶這個問題。其實，也不失為年輕男女漫步、談情說愛的好去處。希望有心人多加宣傳，讓拍拖男女多來此散步，不僅情調浪漫，而且不設甚麼「最低消費」，是全港九唯一可以「零消費」的美麗景點和熱門遊覽區。

如果要說不足，也有。那就是，星光大道沿途的大型道具還是略嫌太少。僅有的模型大受市民和外地遊客的歡迎，成了如假包換的拍照留影背景（陪襯），如果再增設一些，可以肯定，將有更多的人會來此遊玩。不要說外地的遊客，連本港的市民，也會因這些大模型的造型奇特而特地來此留影。不妨多安排一些可以突出香港特點的公仔、實物、模型等擺放其中，再增加活動的公仔（如扮李小龍的公仔）免費地陪伴遊客拍照。星光大道必將會為香港的旅遊業作出更大的貢獻！

昂貴的海岸線

　　香港政府近年越來越自覺地、清醒地把握和利用了香港旅遊業的大資源——香港九龍漫長的海岸線。連12月5日的東亞運動會開幕式，也別開生面地移師在維多利亞港的海上舉行，充分發揮了香港的優勢。國際奧委會主席羅格盛讚之餘，表示應給這個開幕式頒發一枚金牌。這是體育事業上的運用。地產業也利用得極為充分：朝東南、全海景的房子，比諸面向後巷的樓房貴得多。有人住在紅磡同一區，甲樓窗外為他家廚房，乙樓窗外為維港海景，樓的面積一樣，但後者比前者貴了一百萬。「全海景」已成了地產商的值錢口號，寫在每張樓宇價格的宣傳白紙上。香港政府闢出星光大道，實在是明智之舉，將

香港海岸線大幅度地利用，充分地利用了香港旅遊業這一豐富的資源。

香港是個海島，九龍是個半島，兩者都有漫長的海岸線。這情況有點和福建的廈門島相似。改革開放之後，廈門的海岸線就被充分地開發和利用。只要乘車在廈門作一環島遊，便會被漫長的美麗的海岸線所吸引。廈門島的海岸線不再是荒涼的沙灘了，而是有意識地綠化和美化，令人充分感受到濃烈的海濱城市的氣息。所謂「綠化」，指種植了大量的樹木，樹木帶來的林蔭使人感到夏季的陽光不再那麼酷熱；所謂「美化」指色彩的配搭，食肆的適當分佈，既叫人一去單調之感，又讓人感覺人工化的程度不那麼強。由於保護、安排得好，使廈門海濱處處是風景，天地開闊，感覺舒暢。我們居住的香港九龍情況也是這樣。得天獨厚的地理位置造成它巨大的優勢。可惜早年港英當局對其「海濱」城市的意識比較薄弱，直到九七以後，擁有海岸線的優勢才成為天然資源，進入香港政府的視線。

目前被裝飾得最好的是從尖沙咀碼頭開始，沿着海濱一直向東伸延到紅磡的漁人碼頭一帶。尖沙咀碼頭一帶當然開發得比較早，「配件」比較多：既有逾百年歷史的鐘樓，又有造型特別的香港文化中心，一大片的海岸空地「物盡其用」，設計和裝飾得不錯。鐘樓一側建了空中走廊，廊下樹木環境水池，風景甚美；走上走廊，既可漫步觀賞海景，又可小坐休憩，最不可錯過的是以港島為背景拍照留念。這個天然的大布景包納灣仔和中環兩大區，十分重要。港島那展翅欲飛、造型別緻、曾經舉行「九七」回歸交接儀式的會展中心近在對岸，似乎伸手可觸；而中環金融中心、中銀等幾座著名大廈，也清晰可辨。在陽光明媚的日子裏，這些各有造型的建築群成了一道天

然的大布景，訪客可以從不同角度拍下留念的照片；而在白霧
矇矓的清晨或夕陽西下的黃昏，從九龍往港島拍攝，如果具有
一定的攝影技巧，都不難拍攝成一幀幀沙龍。

尖沙咀碼頭這一帶風光處處，再往文化中心一帶走，廣闊
的空地，加上那些米黃色的方磚、仿東歐的古柱、門柱，以及
一覽無盡的維港景致，都強烈地激起遊客們的拍照意欲。這一
區也是港內外遊客觀看節假日發放煙花的好地方，夜晚常常有
無數男女老少在此散步觀景。

再走到新世界中心的右側入口，便進入星光大道的範疇。
一個香港電影金像獎的女雕像高高豎立，為這個記錄了香港一
個多世紀以來電影業滄桑的海邊大道拉開了序幕。這兒的遊客
不亞於上述兩個地方。除了漫步、拍照、觀景之外，還多了緬
懷香港電影業發展的另一個功能。我們可以看到地上「星光閃
爍」——明星們的簽名和手掌印、那些在香港電影發展史上
作出無數貢獻的、對行業外的人說來不免生疏的名字；我們可
以看到李小龍打功夫的、栩栩如生的雕像……這星光大道將對
岸——香港的高低不平、千奇百怪的樓宇的距離進一步拉近，
隨便按下照相機的快門，照片的畫面風景讓人只是那麼一瞧，
就會看出是在香港，充滿了香港色彩。

從星光大道的末段，一直到紅磡碼頭，海岸線沒那麼理
想了，九龍和港島的距離也漸遠；但從紅磡碼頭附近的海逸酒
店，一直到海逸豪園的建築群，海岸線又被充分地利用起來。
海邊走廊被修整得又寬又長，靠背長椅、遠洋巨輪、矇矇矓
矓的香港風景……無疑又是拍照者的數碼相機鏡頭中的常見
風景。這兒的遊客主要是紅磡黃埔花園的居民，海逸酒店的住
客，海逸豪園、海名軒的業主或租客……外來的人較少，天地
較為開闊，依然是一個天然的舞台，海景美不勝收，且多了一

份寧靜。

　　從上述海岸線被充分利用的情況來看，我們可以證明海岸線確是一種天然資源，其多元價值是值得政府耗費巨資去投資的，將其打造成遊覽、休憩、拍照等融為一體的景點。當然，香港島這一邊更是自然和現代結合，勝景處處，無不跟海岸線有關。北面的中環區和灣仔區，面對九龍半島，早已是觀看煙花的最佳地點。中環的新建碼頭，龐大而富有氣派，儼然是新的景點，保留了一個多世紀前的氣息；灣仔會展中心面海的海濱，也設置了很多供人遊覽的走廊和留影標誌。南區的淺水灣，早已名聞遐邇；東南端的赤柱、石澳等地，都是著名的遊覽勝地，也都臨海。只是這一面，從陸地上望出去看不到幢幢高入雲天的大廈，而是可以聽到陣陣海濤之聲的浩瀚海洋了。

　　香港地理位置的得天獨厚，與「海」大有關係。如果再聯繫到那些港外無數的離島（如南丫島、長洲等），堪稱靠山吃海，資源富到吃不完。難怪中國內陸省份、看不到海的訪港客都嘖嘖稱奇，感覺特好。對他們來說，海是一份奢移品；對香港來說，海則是上天賜予的珍寶，裝飾了香港。為香港帶來經濟和精神上的無窮財富。

九龍海濱博物館長廊

——尖沙咀—紅磡海濱花園

你可知道九龍最長的海濱長廊在哪裏嗎？

從紅磡直通尖沙咀。夠氣派，也是港九最長的海濱跑道、步行街。

那是才開闢沒多少年的尖沙咀—紅磡海濱花園，名稱上叫「花園」，實際上稱「長廊」比較合適。因為「園」的意味很少，「廊」的成分較多。它以兩區的中間劃分，紅磡一段就屬於「紅磡海濱花園」，尖沙咀一段就屬於「尖沙咀海濱花園」，有趣的是為區別跨越兩區的大道，真的在中段立牌，一

牌兩面，一面寫尖沙咀，一面寫紅磡。足見香港特區城建部門的認真仔細和負責。

這一條一邊是全海景的海濱大道，如果有空不妨走走，它具有重大的觀賞價值。除了可以將香港島的面貌從九龍海濱的視角完整地遙望無遺外，還可以領略香港特區城建實施的認真和一向的長遠眼光。我之所以稱它「海濱博物館」，因為海港裏實在有着太多東西可看了。

論全長，我憑感覺約有兩個多公里長。尖沙咀這一端起始于尖沙咀碼頭附近，在紅磡那一頭結束於紅磡臨近漁人碼頭附近的海逸豪園的其中一座。中間經過許多非常重要的建築物，例如，新世界中心建築群、星光大道、永安廣場、九龍香格里拉大酒店、尖沙咀中心、帝國中心，經中間一段上下坡路，就進入紅磡區，可以看到紅磡碼頭、九龍海逸君綽酒店、海名軒、大環山游泳池、漁人碼頭、海逸豪園。僅是這些著名的建築物，就在你行走或跑步中，猶如一幅幅風景在你一側掠過，真是比一般的游車河看到的風景還好。每一棟建築物都有其特色，每一段，都有不同的設計，值得我們慢慢欣賞。在永安廣場附近，有好幾家露天咖啡座，下午三點時分酒客比較稀落，但到了夜晚以致午夜，就是一整晚的不夜天了！

從尖沙咀轉入紅磡區，也許有一處，海濱大道無路銜接，居然建起了高架斜坡路，約有幾百米長，兩旁暫時無法種植樹木，炎夏裏烈陽暴曬，比較熱，不妨戴帽運動。進入紅磡海濱區，氣氛較為寧靜，不時可見草坡、草坪、靠背木椅，經常可以看到菲律賓女傭帶着小孩在草坪上嬉玩，最妙的是，有好幾次我們看到穿着高跟鞋的少婦推着嬰孩車，姿態優雅，態度從容，在接近海逸君綽酒店外的海濱路段來回漫步，我們還以為嬰兒車裏坐着的是甚麼優質嬰孩？仔細一看，不禁啞然失笑，

裏面呆的赫然都是小狗兒!嘩！還以為是夢中的童話故事哩！

在九龍海逸君綽酒店外面的海濱，路段設計得最為舒適雅致。一方面，這一路段，屬於紅磡海濱花園的一部分，另外一方面，這又是屬於九龍海逸君綽酒店的「海邊後院」，正如印尼峇厘NUSADUA區許多著名的大酒店，「後院」都是一片白色沙灘和浩瀚大海一樣！在海逸君綽酒店的這一段海濱，花圃、燈柱、休憩靠背椅、海邊欄杆、遮陽傘等等，組成了絕美的海邊風景，完全不讓尖沙咀一些海濱風景專美。

從紅磡碼頭開始走到尾端的海逸豪園，海濱長廊遠離市區，沒有城市的喧囂之聲，作為慢行的路，或小跑、閒散地漫步都是不錯的路段。如果帶有照相機，這兒，很適於拍照，題材可謂豐富，因為除了建築群，整個維多利亞海港像是海上博物館。先説輪船：遠洋郵輪、漁船、遊覽小輪、風帆、汽艇、載大貨櫃的大船等等甚麼都有，有時，那些打漁風帆就裝飾得很漂亮，全紅色，好像在慶祝甚麼盛大節日一般。至於港島那些高聳入雲的、高矮不一的、形狀奇特的建築物，也有很高的觀賞和拍攝價值。它們在烈日底下、雨後或大霧彌漫的日子，在清晨、正午、傍晚都有各自的風采和姿色，也是很好的攝影題材。

至於在這條長達兩個多公里的海濱長廊，觀察那些出現的各色人物也是一種樂趣。有時，我們可以看到洋婦洋女一身運動員打扮、熱褲背心地在全程小跑；有時，在一些路段，尤其是在紅磡碼頭一段，不少釣魚發燒友在釣魚，有些人在觀看，他們甚麼工具都帶備，可謂全副武裝；有時，胸膛上全是叢叢黑毛的洋漢，上半身打赤膊、戴黑眼鏡在跑步，羞嚇了一些保守師奶，見他們沖上來時趕快閃於一側。當然，還可以不時見到一些遊客在看看海、拍拍照、談談心。

除了漫步、欣賞、攝影等等，這九龍最長的海濱長廊，也
是休憩的好所在。因為在一些種植了較多樹木的地方，常常設
置了涼亭、草坪，藍色大海、綠色草木，僅是顏色就覺得很悅
目。甚麼是香港最大的特色呢？我認為，維港景色、建築群、
完美的城建發展、海濱長廊，這就是從小漁村發展成大都會的
國際大城市的香港的最大特色。對於退休了或半退休的自由職
業人士，如果每天能抽出一定的時段，從這一頭走到另一頭，
那是相當不錯的運動。照我們看，來回也都需要一個多小時。
能走得渾身汗最好，才算達到運動的目的和程度。要不，也可
以帶上一本書，在清晨或下午暑熱已經漸消的下午，坐在涼亭
下、草坪上的長椅上看。累了時可以將視線放遠、松松神經。
如果海風送爽，實在也是最好不過的事情啊。

對於來港自由行的親友來説，紅磡——尖沙咀海濱花園
無疑是一座沒有圍欄或圍牆的海濱博物館，集觀覽、休憩、欣
賞、攝影、運動為一身，有着極高的遊覽價值。也許，外來遊
客行色匆匆，未必能抽出時間來此一遊，然而對於那些具有較
長假期來香港度假的人來説，紅磡——尖沙咀海濱花園（長
廊）很適合從頭到尾走它幾次，從中認識香港特區政府城建發
展部門的認真和努力，那也是非常有意義的。在很多國家的城
市，天然資源很充足，可惜缺乏開發的計畫和人才：在香港不
然，維多利亞海港這天然的資源不但充分開發，而且非常出
色，值得一讚。

最美的香港風景

　　如果要投票選擇全港九的最佳景點或攝影背景，本人首推位於尖沙咀香港文化中心背後那些風景線。這兒，應該被列入外地遊客遊覽香港九龍的景點之一。港九值得遊客去遊覽的地方很多，問題是，有些景點有意義（紀念意義、歷史意義等），但未必值得遊覽和攝影；香港號稱「東方之珠」，外地遊客的香港行，總是要帶點「靚照」回去，而且這些「靚照」又要有明顯的香港特色，那麼，是否就是維多利亞海景、宏偉美麗的建築物以及代表和象徵回歸到灣仔會展中心呢？當然，如果只為了拍攝這些景點，而所處的抓機地點沒甚麼遊覽漫步的價值，那也失去了意義。在香港文化中心的方圓範圍內，就

沒有這些弊病，它既可供遊覽漫步，又可以慢慢獵影，實在是不可多得。比諸星光大道，這兒多了多組建築群，形成了柔柔海水與硬硬石塊的強烈對比。

路線可以是這樣：在香港文化中心下車後，可以先在太空館外走一走，拍幾張在一些城市很難見到的半球形狀的太空館的外觀，然後走向後方，就可以看到眼前視野開闊，一個長形的淺水池呈現眼前，池中有造型奇特的石塑，池邊建有長長的亭子，接着就是造型奇特和牆壁呈淺棕色的藝術館了。先欣賞一下藝術館的外觀，不妨拍攝幾張照片留念。畢竟，這一帶，包括文化中心左側的劇院大堂建築物，外觀都是清一色的那種小長方形「磚式」淺棕色造型。很快，您的腳步可以走到右側的空曠廣場了。您可以看到遠處的維多利亞海港以及對面香港的建築物，看到文化中心幾何圖形般的屋頂、一列排開的棕櫚樹。這時，要抓緊時間，多拍一些「港式建築物」——幾何圖形加上那些長方淺色磚。這些建築物很有香港特點，因其色彩、質感、形狀，和藍色海水、少許綠色植物的點綴，構成了一種反差或陪襯作用，在數碼機內形成比例與色彩上的美感。如果我們再走近海邊，往右面看去，那麼尖沙咀附近的景物包括了象徵九龍的鐘樓、觀景的天橋和鐘樓下的淺水池。我們不妨先守候在尖沙咀碼頭外面，看看人流的洶湧，看看「人種博覽會」的盛況不亞於新加坡，老外特別多，黑人也特別多。白種少女的簡裝和開放、黑種人的粗獷和密實……他們如喜歡旅遊，一定會爬上階梯，直上觀賞天橋，以維多利亞港為背景拍照，更有不少韓國人和日本人的行踪在此出沒。當然，參加旅行團，未免受到時間方面的限制，如果是自由行，大可以在這裏一面拍照一面散步、或坐下來欣賞海景，享受風和日麗和藍天白雲，看香港式的風帆、渡輪在海中來去航駛，真是賞心悅

目啊。

　　然後再倒回剛才的地方，也即香港文化中心的「後景」——那個空曠的場地，漫步時不妨一路獵景。如果嫌尖沙咀附近人太多，聲太嘈雜，那麼這兒就是絕佳的照相去處。如果是夏天，陽光強烈地照射，感覺到眼前一片白光，渾身熱汗淋漓，不妨趕快躲進藝術館和文化中心那些建築物的陰影裏，一陣清涼很快就會佈滿全身。筆者近期在盛夏中來此一遊，不禁被這兒的美景、點綴和色彩迷住。就在廣場一側，當您往海邊走去時，忽然，看到了三檔畫像攤，一列排開，滿檔都掛滿了畫成的畫像。三個攤檔有着香港藝術館屋簷的陰庇，但也撐起了大的遮陽彩傘，蔚成一種大城市裏的點綴風景。滿掛着的美術傑作，從國際政要到紅得發紫的女明星，從天后歌手到足壇驕子，無不栩栩如生。單是這些，已經是「香港游」的很好捕捉了。然後，您可以再往前走，會發現似乎出諸一種天意，上蒼或會嫌維港的海水太藍，缺乏綠的調配，竟然在海邊種植了一排樹。這還沒有足以表達大自然出色的「畫手」，它絕妙的是就在一排綠樹側停泊了兩檔專門為人拍照的照相檔子。那頂上的七彩大遮陽傘和藍海、綠樹，自然而然又構成了一道極為美麗的風景線。更妙的是，當你抓起數碼機時，不僅是眼前的這些色彩而已，還有最遠處的藍天白雲、對岸高高低低的海畔建築群搭配，令人驚喜的是不時會有撐傘人兒走進您鏡頭裏的畫面，他們在欣賞着攝影師推銷過來的照片樣板，在問拍一張需要多少錢，而大約又需多少時間可以取相。於是，如果聯想一下，不能不佩服街頭攝影師的選擇和勇氣。在數碼機滿天飛、連八九歲小孩也不難擁有一部的今天，他們並沒有喪失信心，還會相信必會有人光顧他們，這是何等的勇氣和識見！我就看到一位年輕的少婦偕同一位小女孩請街頭攝影師拍照。當

然，還有許多美好的人情、風情令人感動：母親為抱在外婆懷中的孩子拍攝、拍拖男女牽手到此一遊……

相信僅是以上這些美好的風景線已經令你的數碼機忙碌不堪了。我們也相信在這個難得的角度，您會拍到完全沒有阻擋物的、代表香港九七回歸中國的會展中心的清楚外形。如果不滿足於今天只是「外觀」的東西多，少了一份內涵，不妨參照最初來到的路線，進入香港藝術館走馬看花一趟。進入香港門票僅十元，長者五元，如果嫌貴，那就選擇免費的星期三進入。這個館共分四層，有固定的藏品，也有臨時加插的專題展。（會另文詳細介紹）最妙的是，此藝術館背後正對着香港維多利亞海港，當您上上下下時，面海的窗口邊就展覽着一些造型奇特的藝術品，這些藝術品和猶如一幅畫的香港沿海風景，又構成奇怪有趣的組合。

香港文化中心後面的風景之所以值得向您推薦，主要是它的空曠、人少、安靜、外觀景物色彩搭配、襯托好，幾乎是可以「全方位」獵景點地點，我認為比尖沙咀碼頭鐘樓旁的觀景天橋更有遊覽價值。寫小說需要鄉土化，拍照其實也急需本地（香港）色彩，獵取一些有香港特色的背景。這個「後景」融合了大自然色彩、現代建築設計和小件「軟件」式的活動小販點綴的幾種配搭，構成了最美麗的香港風景線，請不妨「按圖索驥」，當有收穫。

山頂「吃風」

　　似乎世界上每一個倚山而建的城市都有一個所謂的「山頂」，區別只在於山頂的高矮，海拔是多少而已。小時候居住在印尼加里曼丹島三馬林達，不過是平原上的小城市，竟也有山頂。原來，它只是較之其他區域地勢稍高，可以將整個城市的大致容貌居高臨下觀覽的制高點而已，但都可以稱作「山頂」了。如按照此標準來看，香港的太平山山頂就名符其實得多了。

　　平時在香港島上拚搏，每天營營役役地奔走於大街小巷之間，難有閒情逸致到山頂「吃風」（看風景）。只是到了有海外朋友來港旅遊，太平山頂就成了非去不可的重要景點。上

世紀70年代初期，香港經濟不景氣，可以帶朋友親戚一遊的景點選擇很少，海洋公園之外，到山頂「吃風」便成了重要的節目。四十年來的山頂，經歷了滄桑巨變，完全看不到昔日的模樣了。當然，雖然進行了三番五次的整修改進，山頂纜車還是依舊保存，仍在為香港和海外遊客服務。改良、重建、變化之中，還有舊日的好東西讓人勾起對昔日的回憶。山頂纜車正是這樣一類事物，承接着新舊山頂的使命，令人激賞。遊客，不僅僅是覺得在乘特別的車而已，更重要的是在「感受」一種特別的、與他地不同的「香港色彩」。

纜車的行程不長，僅是十幾分鐘就到了。上面的車站，已擴展為一片熱鬧的平地，商場大廈泰半具有飲食、購物和觀景幾重功能，在山頂空地上遙望，可以説無不是造型可觀的巨型建築。早年，這兒有個老襯亭，還有一些環山小徑可供拍拖中的青年男女漫步，順道俯望港島那令人「觸目驚心」的鋼筋水泥森林。如今山頂的觀景設備已經煥然一新了。最具地標性質的建築當然是那在半空中騰空而起的半橢圓形建築物了，其造型十分新穎，也顯得極為突出注目。這個建築物內部共有多層，最佳的觀景地點都被幾家咖啡閣所佔據。想佔據最好角度看太平山下的風景，可説沒門，一定要先在咖啡閣內消費，一邊「嘆咖啡」，一邊觀賞東方之珠的美麗。於是，如果不想那麼浪漫，也不想花錢，我們自可以從對面的另一建築物進去，即從電梯或扶梯上到觀景大廈的平台上。這也是往昔太平山頂所沒有的。平台整修得很好，有靠背長椅供遊客坐下休息，還有固定的望遠鏡可供望遠。

來觀景台最好的時間是夕陽落山之後、華燈初上的時候。當然，能夠等到萬家燈火的入夜更好。有一次，我陪同新加坡、馬來西亞的朋友進行「香港一日遊」，到山頂時正值夜

晚，港島高高低低的建築物都亮起燈來，讓文友們癡癡地看，久久地望，幾乎掉掉了魂似地被迷戀，不願離去。他們讚嘆、驚艷，第一次領略到東方之珠的瑰麗璀璨，覺得名不虛傳。

的確，從二十世紀七十年代到二十一世紀初的這四十年，香港的飛速發展太令人不可思議。標誌着香港驚人發展的，當然是那些高高低低的、鱗次櫛比、層層迭迭、大小不劃一的建築物了。這些建築物背後，附帶着多少地產業的起落、股市的狂飆、香港交通網的密佈，包含着多少人物的拚搏奮鬥！美麗的夜景之下，實際上是一串串香港人的動人故事！

外地遊客被香港夜景緊緊吸引，不是沒有理由的。一位新加坡女作家就分析了其中重要的原因：香港的夜景美在有山有水的「配合」。如僅是平原，轟立聳天的摩天大廈會成為一群恐怖的怪獸；她指着隔開港九的維多利亞海峽說，這海水非常重要，令密集的建築群有了一個緩衝地帶，顯現出「密密麻麻」中的鬆動。這是「水」的作用。一會，她又指着另一面的島和山說，建築物倚山而築，才顯現島嶼開發之美，是一種襯托。這麼一分析，我們不禁想起每每到外地一段時間，飛回香港時，當飛機飛入香港的領空的一剎那，我們總是感到一種在外地未曾有過的感受。我們身下，都成了一片由發光的長柱體組成的「光樹森林」，而地面上的排排燈火，就像一條條火龍在飛舞。這就是我們的香港！叫香港人驕傲光榮的香港！

香港夜景之美，確實美在山水相倚，建築物錯落有致，疏密有序。入夜，遠山近火，山水相襯。從觀景台俯下看，地面上像長了無數發亮的柱體，港島簡直成了一個充滿幻想的童話世界，抑或是未來的科學城。放眼遙看對岸，維港曲折蜿蜒，顯然比往昔狹窄了很多。朋友說得極是，維多利亞海峽的存在，化解了密集建築群的壓迫感和狹窄感。我們就像在觀賞一

座建在海邊的現代城市。

香港夜景之美，美在燈飾。大部份摩天大廈都被霓虹燈裝飾，也幾乎全部被光影和線條勾勒出來。有固定的，也有活動的。遇到節日、假日，更有鐳射燈活躍在大廈與夜空之間，彷彿空中有一隻魔手，在操控着港九的夜空。

在世界一些被遺忘的小鎮一角，也許夜空的漆黑會令我們神往和斷魂，那是另一種未被污染的自然美和「出世」境界。香港夜晚的天空是粉紅色的，也許在山頂的觀景台上我們會看得最清楚。香港電力夠強勁，為其「不夜城」贏來聲譽。彷彿，只有那樣的驚世夜景，才能和它的金融中心身份相稱似的！

我相信香港十大景中，不能沒有太平山頂。在山頂看夜景，其欣賞價值應可列為香港遊的第一選擇吧！

香港杜莎夫人蠟像館

　　到香港做一日遊，太平山頂不妨作為一日遊的重要內容之
一。當然，如果只是眾多節目中的其中一項，會遊覽得比較匆
忙，時段不好選擇；如果你的親友僅有一天的時間，要讓他們
欣賞和領略香港的特色和風情，選擇太平山頂還是對的、明智
的。畢竟太平山頂對香港的旅遊業來說具有相當的代表性。

　　首先是乘乘纜車。香港的纜車歷史悠久，已有百年歷史，
歷經歲月的風霜，幾經裝修，猶如電車，已成為海內外遊客喜
歡一試的香港交通工具。其意義似乎和香港有着百餘年歷史的
電車一樣，為東南亞國家比較罕有的交通工具。這是其單獨的
意義；它又和太平山聯繫起來，構成「以特別的旅遊工具遊覽

香港最高的山」的豐富涵義。前者，一般的纜車，都在半空中吊鐵纜，車廂封閉為各種形狀的箱子，裝着三兩人到一組人；而纜車下面有軌道、上面用鐵索拉，頗為特殊，在外國較少見，似乎為香港所獨有。一個車廂內至少十幾人，香港的風景向後徐徐倒下去、人坐着，向後傾斜，形成45度，這個視角，令外來遊客感到好奇，紛紛抓起數碼相機拍照。別看普普通通的僅有七分鐘的車程，因為開動的動力不同，居然也能夠成為吸引遊客的賣點。乘纜車，可以單程也可以雙程，單程多數是乘纜車上去而乘大型旅遊巴士下山。

在太平山頂，可以到半月形大廈頂樓喝咖啡看風景，也可以拍拍照，買些紀念品，在廣場上攝影，四處都是絕好的背景。如果您想和各界名人會面拍照，也非常容易，那就到「香港杜莎夫人蠟像館」參觀。進入此館必須買門票，價錢還不便宜哩。香港的「一日遊」節目，多數中午包食一餐，而看不看蠟像館，收費就有明顯的差異。

香港杜莎夫人蠟像館，從外觀來看並不起眼，站在最外面的是武打國際女星楊紫瓊和「功夫」電影代表人物李小龍的蠟像，可讓觀眾、遊客免費拍照。吸引了不少來山頂遊覽的海內外年輕人與之拍照留念。蠟像館在一些國家和城市不是甚麼新鮮事物，其建立的理念，基於人們對偶像的崇拜和對名人的神秘心理，蠟像館有助於將這種神秘心理消除，讓普通和特殊融合為一，甚至親密接觸。

蠟像館主要分為幾大部分：第一部分為《魅力香江》，主要是展列娛樂界、時裝界和影視界的知名人士。他們之中，有鋼琴王子朗朗；還有大S、古天樂、碧咸夫婦、歌曼妮絲、林志玲、古巨基、鄧麗君等。據說蠟像大小、高矮都是按照真人比例來製作的，我們站在林志玲身邊，才發現在不知不覺之中

將自己矮化了。人比人，才知道原來林志玲長得非常高挑。

第二部分《風雲人物》最為有趣。包括了世界領袖、傑出的藝術家、大科學家等，如胡錦濤、毛澤東、李連杰、愛因斯坦、英女皇、曾蔭權、奧巴馬等，這些都是正面的人物，最妙的是也為反面人物留下了兩尊蠟像，那就是希特勒和薩塔姆。被釘在歷史十字架上的他倆，看來很少人願意與他們合照，正體現出世界人民的人心和民意。其他偉人，都不乏捧場者。胡錦濤的蠟像，造型正從飛機機艙走出來向群眾招手，只要您緊靠在他身邊，也舉起手來，就可以一起接受群眾的歡迎和歡呼了。最妙的是奧巴馬的造型，他在白宮，站在一張桌子的右側，你不妨坐下來，裝模作樣地打電話，馬上提高了自己的身份。近距離地和大人物攬肩摟腰，可以大大滿足平時無法親睹他們風采的慾望。

蠟像館第三部分是《世界首映》，主要是為亞洲和荷里活的一些電影明星塑像。例如007特務、甄子丹、黎明、阿童木等等。在此，可以與阿童木一起飛上天空，也可以和甄子丹一起在木人椿練習詠春。黎明乘着一輛腳踏車，停住，準備載你，你輕輕一跳，就坐在他後面，拍一張難得的《黎明與我》。

第四部分是《活命狂奔》，主要是展列一些有世界影響的荷里活電影內人物造型，如《活命狂奔》《加勒比海盜》等，極盡眼目之娛。最妙的是五六十年代的美國性感尤物瑪麗蓮 • 夢露，造型為彎腰站在地底窟窿之上，風兒向上吹開她的裙子、而她拼命捂住、使之不致於春光乍泄的經典姿態。在她的左側還有好幾套假髮、圍裙可供您喬裝打扮。

第五部分為《體壇猛將》，有李麗珊、姚明、劉翔等，不乏奧運金牌得主、世界紀錄保持者，涉及足球、棒球、相撲、

籃球等體育運動。這一部分有的有背景。例如姚明投籃，大背景就是大幅坐滿觀眾的看台。有着非常逼真的效果。

第六部分是《樂壇巨星》。代表性人物是世界天皇巨星麥克積遜，還有一些海內外比較出名的樂團組合。

在奧巴馬蠟像和成龍蠟像等個別人物，館內有專人為你拍照，跟迪斯尼樂園一樣，等走出館外，你看看是否拍得好，才決定是否要購買和收藏，否則不用付錢。

蠟像館給人的感覺是門面小，但裏面卻大有乾坤。看來總面積並不小。當然，從目前所展示的來看，取來製作蠟像的人物標準，我們暫時看不出其中的衡量尺度。有些很著名的，館內並沒有，有些不太出名的，卻為他塑了像。蠟像館蠟像的選擇，看來和投資者杜莎夫人集團的價值觀有很大關係。不過，從現在的過百個蠟像的展列來看，明顯地是從普羅大眾所熟悉和喜愛的角度出發，還是具有一種普世眼光的。香港蠟像館的設立，為素來節目比較單調、僅限在看風景為賣點的太平山遊覽增加了「可遊性」。蠟像，只是模擬的假人，雖假猶真，以假亂真，既讓活人死人群聚在一館，形象得以大大宣揚，而且可充分滿足觀眾接近名人、崇拜偶像、偉人的心理，消除其中隔閡，得到虛榮的滿足和陶醉。從這一點來説，蠟像館不失為一項「偉大的發明」。

柏麗購物大道

　　位於九龍尖沙咀的柏麗購物大道，雖然沒有列為香港遊行程裏的重要景點之一，但我認為作為購物天堂的香港以及領略港九的街道文化，卻是值得走一走的一條購物大道。正如尖沙咀的星光大道，你說它「好玩」嗎？沒甚麼可玩的，但卻是應該走一走的，否則我們就不知道一條名聲在外的星光熠熠的大道究竟有甚麼特色了！又為甚麼外地遊客對它趨之若鶩？

　　位於彌敦道尖沙咀一段的「柏麗購物大道」，其地理位置準確地來說，從海防道的地鐵口（或清真寺）起，到柯士甸道一側的尖沙咀警署為止，約百來米到兩百米長。大道一側，就是面對彌敦道車子來去極度繁忙的熱鬧路段，可以看到建築式

樣很有獨特風格的尖沙咀街坊福利會和其前面的紅磚式建築、
高高的美麗華商場……它們就在馬路對面佇立着,而站在柏麗
大道,可以不受干擾地將您認為悅目好看的建築物拍攝下來;
想拍攝彌敦道街景,這兒的環境也夠幽靜。

作為一條購物區,我在九龍生活了幾十年,從來沒見過那
麼有特色的街道。銅鑼灣鬧區車聲人聲混成一片,廟街超級擠
迫,旺角人氣太旺、空間極小,赤柱歐美氣息太重……都給人
一種透不過氣來的感覺,總是想逃離,而且在我們感到逛得疲
倦時,無處休息,到處有人滿之患,而柏麗購物大道不然,它
有四大特點令我非常喜歡:

一是寬。從一列近百間的店鋪到大馬路,劈出相當寬敞的
行人專區,自成一個很有特色的休憩專地,在以擠迫稱著的港
九來說,可以說非常罕見。而且非常微妙的是,這條大道和商
鋪就建在面積不小的九龍公園外側,因此,可以從柏麗購物大
道三個入口進入九龍公園,其中兩個入口設計得很漂亮,色彩
鮮豔,可以作為拍照的背景。

二是靜。香港九龍一向以繁榮熱鬧為人稱道,要找一塊清
靜地不容易,這條柏麗購物大道非常特別,步行道上有樹、有
供人休憩的靠背椅,在鬧市裏顯得出奇地寧靜,想清靜一下,
可以在這兒停留和休息,歇歇腳、喝喝水。「鬧中有靜」正是
這條街的最大特色。從海港城出來,我們就可以來這裏鬆鬆一
口氣;海港城距離這裏不太遠;同樣,如果這兒走累了,也可
以從這兒慢慢走到內地遊客較為熟悉的海港城;但在鬧哄哄的
商場,幾乎是找不到一張板凳坐的。

三是涼。柏麗購物大道的環境堪稱得天獨厚,面對着一整
排店鋪,都是一排盤根錯節的老樹,非常濃密的樹葉將大半個
街道遮着,擋去了烈陽的熱威,樹木底下設置了不少供人休息

的長長的靠背椅。無論甚麼季節，能在這條大道上漫步或坐着休息、聊天，都是很舒適心爽的一件事。

四是慢。香港以節奏快速稱著，但柏麗大道的節奏在緊張的城市步伐中顯得出奇的慢。經常在這裏看到有不少老外坐着拍照、看報紙或是休息，有時還可以看到一些女的停下來喝喝水、整理手提包內的東西。

要在港九找這樣一塊鬧市中的奇特「桃源」還真不容易，除非在規模較大的公園裏；但縱然夾在一般大街道的、可憐的小小「市肺」也是大大不如的。

以上那些功能，和「購物」相得益彰。

再說一個「多」字。這兒有甚麼多的呢？車站多，畢竟是比鄰彌敦道大道，只要走到馬路邊就可看到很多車站設在這一帶；樹多；最奇特的是在手機非常發達、電話亭已經在大城市的地平線逐漸消失的今天，居然，在這大道臨近馬路一側，還可以看見十幾個電話亭，隔着地排開，慢慢地這些電話亭也將成為「古董」和「博物」了。再者，就是一排排的豎立的廣告了。最妙的是有一個九龍西區扶輪社捐送的巨型雙拳相握的雕塑豎立在大道中央，吸引很多遊客站在其前面拍照留影。有時還有一些節日或活動的宣傳，設立大型酒瓶等各種模型，就很熱鬧了。

再看看這兒的店鋪究竟甚麼為多吧。細細觀察和漫步，其實在柏麗購物大道設立「窗口」的，多數也是世界各國的名店、旗艦店。但某些商品卻沒有海港城裏的名牌那麼昂貴。有一些較普通的本地牌子，也在這兒設了店口。這兒的店鋪，面積統一，門面小小的非常整齊。以甚麼最多呢？大多為售賣男女士服裝、皮具（如皮箱、皮鞋、皮帶、皮包、皮質公文包等等）、女性內衣、中藥、水晶、珠寶等等店鋪，櫥窗裏的

模特兒以及櫥窗的美術設計都很講究，無論色彩或佈置都美輪美奐，想欣賞香港的購物藝術特色，這兒無疑是非常適合的天地。

如果論價錢，柏麗大道的商品當然不如海港城，那裏集中了世界名牌中的所有龍頭阿哥，要多貴有多貴，不像這兒的貨色不至於那麼貴，但又可以「拿得出去」，當然也有海外的掃客豪客嫌這兒的價格「不夠貴」，只好移師海港城。從柏麗大道去海港城所在的廣東道末端其實也不太遠，從北京道或海防道一直走，就可以到那著名的商場了。問題是，到柏麗購物大道的商場「購物」，可以逐間進去看，反正一條直線走到大道底，不像海港城人多方向多，一時眼花繚亂，迷失走不出來。在柏麗，走走停停，都不失為一項策略。如果時間足夠，自由行而行到這兒的話，逛完商舖還可以走背後小徑進到九龍公園，看一些特別的專題展覽，相信都會比較精彩。

許多人到香港，拼命地購物、掃貨，完全被五光十色的燈光所迷，為物質的氾濫成災驚嘆，瘋狂地買東西以致不但迷失了自己，而且辜負了一個城市的文化特徵，不能欣賞、分享它們的美好。九龍尖沙咀的柏麗購物大道，其實就是九龍一條很有特色的街道，體現了香港九龍文靜的、幽美的一面，反映了香港街道文化的精彩和獨特，值得我們一遊。

我愛中環

　　七十年代初踏足香港，中環便是我們常去的地方。那時雖然香港還沒建地鐵，但中環銀行林立，巨廈處處，是白領階層最多的地方。

　　中環，人們腳步匆匆，走路的節奏極快。記得我還以一隻狗的視角專寫上班族擺動的腿，快節奏的腳步。那是《流落中環（擬狗的自白）》、還寫了《中環散記》《愛丁堡廣場》《端奶茶的女人》等不少文章。

　　那時中環舊碼頭已經很陳舊了，渡輪對過就是尖沙咀。上下班走向碼頭，都要經過一個兩旁都是攤檔的通道。

　　夜晚，中環好安靜，然而到了耶誕節，燦爛燈飾就可以與

尖沙咀東區媲美。平安夜人山人海。人流擠得水瀉不通。我寫過《小島平安夜》。

那時我想，中環相當於美國的華爾街，也幾乎成為了香港的一塊大心臟，作為經濟金融大城市香港的象徵。沒有了中環，香港的價值就大大打折扣，而要癱瘓香港，就要向中環下手。失去中環，香港島幾乎淪陷了半個島！

夜晚，從山頂俯瞰中環，香港的現代化美得驚心動魄。香港九龍猶如無數顆燦爛的七彩寶石分佈在維多利亞兩岸地面上閃閃發亮，而其中，中環最是令人矚目。那些高低參差不齊的摩天大樓，扇扇視窗透射出昏黃的燈光，猶如通體發亮的奇異的巨樹，不斷往上長，彷佛伸手可觸。節日裏，大廈形狀就被七彩燈飾勾勒出來。不要說東南亞沒有這樣的奇觀，我們到過倫敦巴黎，也未曾見過如此的夜景。香港現代前衛，那裏古典莊美。

七十年代中期，我脱離了體力活，開始在港島北角馬寶道一家位於唐樓下的小小出版社做「行街」。出外推銷新書，從北角往東行，必然經過銅鑼灣、灣仔、金鐘、中環、上環、西環。我搭的是電車。車費多遠都是一元而已，我一段一段下車、推銷、看書、補書、送貨，在中環逗留的時間最久。這兒三聯、商務、求知、齡記、香港書店、上海印書館等幾家書店，都與我任職的出版社有業務來往。三聯書店面積很大，寫字樓地下就是書店。我後來在1979年年底進三聯，做完公司的事，會下來這裏看書翻書，做做書釘。那時大陸是十年動亂剛剛結束，出書開始恢復正常，不斷有舊書重印和新書出版，身為同業人，買書有優惠，買了不少好書。與那些讀過而不敢保存的舊書相遇於港島，真有些隔世之感。我辦完中環的事，會繼續坐電車，從中環到西環去。那裏有家老牌的上海書局，

那是出版社寫字樓而已，也是我做事的大光出版社的姐妹出版社，他們會把我們的一些適合的書推銷到新加坡去。

七十年代末，我因參加三聯書店舉辦的題為「書與我」的徵文比賽奪冠，趁熱打鐵、順水推舟地寫了一封求職信，結果被錄用。安排我在宣傳部專為一些新書寫推介文字。與幾家報紙的讀書版編輯搞得很熟。三個月後我的試用期滿，我正式成為三聯的員工，與中環的緣分也正式開始了。這長達八年的打工生涯（1980~1988)，是我和瑞芬最為艱難的時期，1979和1985我們一雙兒女先後出生，瑞芬曾經辭工在家看顧女兒，薪酬微薄的我也開始了業餘寫稿的狂熱拼搏時期。

有六七年之久，我用了早中晚三段寫稿，也就是利用了早上提早一個小時到餐廳、中午吃午餐多出的半小時、下班人家在搭車排隊的一個小時寫稿，簡直在爭分奪秒地與時間賽跑，尤其是一些長篇連載。通常在小巷裏的大排檔或快餐廳叫一杯奶茶或咖啡就可以了，中午，不外是一碗魚蛋面，有時是雞蛋三文治果腹。上班時間到我回到寫字樓。後期我已經從宣傳部調到《讀者良友》任執行編輯了。前前後後在中環的歲月也有六七年光景吧。1988年我正式告別中環，被調到鰂魚涌一家同一系統的機構，做了兩年編輯，兩年後被以「莫須有」的罪名強迫我辭職。被遺棄的日子我沒有放棄自己，嘗過大半年四處求職、無業的痛苦滋味，在朋友的支持下，我和瑞芬於1991年3月18日開始了「明知山有虎，偏向虎山行」的創業艱難旅程。從九十年代初到2000年，我們馬不停蹄地在港九、新界的三四百家中小學校書展，很少有機會再到中環走走。

香港的巨變我居然渾然不覺。十幾年前到中環一走，中環的高樓比從前更高，摩天大廈虎牙交錯高低不平矗立，割裂着天空。玻璃幕牆令天空比往日更狹窄了。走在昔日熟悉的街道

德輔道中、干諾道中，只有舊日的電車響着悦耳的鈴聲，行駛在既定的電車軌道上。那些舊日我常躲着寫東西的巷子已經消失在歲月的縫隙裏，最後逃不出現代都市的遺棄。我很失落，在一次演講稿中寫着：「懷念中環的一條小巷，冬日的午後，那大排檔沒有遮擋，陽光暖暖照射下來，我通常可以在那小小方桌上完成一兩段小説稿……」乘着較為悠閒的星期天上午，我決計到中環逛逛。從家裏附近的碼頭過海到北角碼頭，再坐到上環的電車，商務印書館附近和天橋下，擠滿了星期天出來聚會的菲傭和印傭。在中環的皇后廣場熙熙攘攘的，都是以菲傭為多，甚麼事吸引不少行人、遊客抓起相機拍攝？原來有三四個菲律賓女子在按照唱機播放的音樂在的跳勁舞，其中較肥胖的一位，衣着性感，動作狂野，渾身是肉在顫動，也渾身是野辣辣的勁！附近有段路封住，原來是老爺車車展，只有會員和嘉賓才可以進入仔細參觀。到處都是人，我拍了幾張，慢慢走到干諾道中的環球大廈，此刻一階階的坐滿了菲傭，再到天橋去看，都是她們的天下，真是螞蟻般的密密麻麻人堆，嚇死人，我忽然想到一大部分香港同胞生活水準不低，很多家庭都請得起家庭助理。菲律賓人民生活不怎麼樣，還要大量輸出勞工，來香港做事。東南亞的印尼同樣要勞工大輸出，為香港家庭服務。

　　我走到了域多利皇后街，那裏的三聯書店還在，當年我就是在其右側的大廈十一樓上班的。街的對面就是以前賣菜蔬肉果的「街市」（粵語「菜市場」），早就「活化」，成為「藝館」，整座街市外面牆都繪上充滿香港舊日情調的漫畫，壁畫風格與檳城的壁畫完全不同。我為此繞了一圈，可惜漫畫前泊着不少車子，壁畫無法拍得完整。接着我從天橋走進去，裏面一邊是店鋪，一面是繪畫和其他形式的美術攝影作品。天

橋也連着去最長電扶梯的路，走到那裏，可以到上面的荷裏活
道，一路都搭那扶梯，就可以欣賞到露天博物館，扶梯兩邊就
是舊日香港的一些老街、老建築及其它遺跡。我上次去過也就
沒去，特別加緊了腳步，再走到環球大廈。那裏都是菲傭的天
下，坐滿在樓梯上、天橋邊，吃飯、談天。我走着，看到了圓
窗子的康樂大廈，看到了郵政總部，看到了新建的巨大的摩天
輪就建在中環碼頭附近，許多遊客從天臺上拍攝。中環碼頭早
就不是舊時的了，復古懷舊的設計我就很喜歡，大而舒適。

中環是香港經濟金融的脈搏，中環也集中了香港最大規模
的現代建築物群之美，學建築的可以以現場為課堂學習，愛好
攝影的不愁沒題材：中環是除了上環之外開發最早的地區，新
舊交錯，有一走上去就會迷失方向的超現代的摩天大廈中環中
心，也有快百年老齡的昔日當鋪仍在通衢大街昂然睜眼俯望芸
芸眾生；中環是東區通向西區的交通樞紐，切斷它，雖談不上
癱瘓，但影響很大倒是不假：中環，有活化舊日街市的舊建築
變身為外牆是大型壁畫、內裏為藝術走廊的範例；中環既是世
界最長的電扶梯的起點，也是走向香港露天博物館的開始：中
環，在年終平安夜、新年，是燈飾可以和尖沙咀東部相媲美的
地區；中環有香港最大最美的、相當於一個景點的碼頭，到離
島的碼頭都設在這裏；中環的白領最集中，腳步的匆忙急促，
是最能體現香港節奏和香港人拼搏精神的地區；中環，縱然今
日我已經不再這兒做事，但曾經，我在這裏灑下了我八年青春
的汗水，那些建築外殼儘管摸上去是冰冷的，隨風消逝的勤奮
年代雖然讓我很失落，但做上班一族在喘息的片刻於小巷裏拼
命見縫插針爬格子的歲月我永遠不會忘記，激勵着我對今天穩
定生活的萬分珍惜，我愛中環。

是的，家園的含義豐富。出生地是最早的家園；父輩的故

鄉是家園：我們成長的城市農村是家園；多年吸取文化乳汁的
國家是家園；有家、有親人居住的地方是家園；流過汗、多年
辛勤工作、為生活拼搏的城市是家園。我和妻子攜手來香港，
在香港生兒育女、創業，長居了四十二年，度過了我們人生的
最重要時期，香港早就是我的親切家園，我愛香港。

　　在中環度過我人生最珍貴的八年，我愛中環。

　　我愛中環。

2014年12月18日初稿22日完稿●修訂

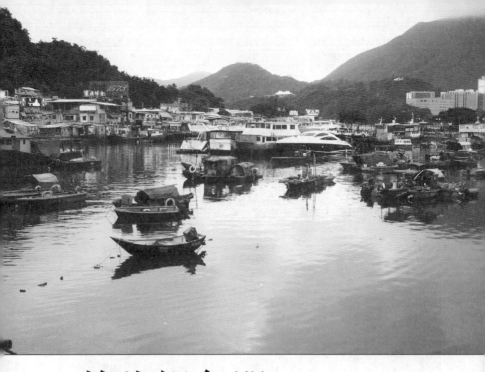

美哉鯉魚門

　　位於九龍東邊的鯉魚門我們去過好幾次，印象不錯。半個多世紀的變遷，令它從繁忙熱鬧的漁村漸漸沉寂下來，歸於平靜；也從單一捕魚的身份轉身為消閒、吃海鮮的專門地。最近去的一次，算來也有年餘了。那時才發現門面已經增設不少標誌性雕塑和門牌。一處是彩碑，鯉魚跳龍門的彩塑栩栩如生，再漫步朝吃海鮮的地方進入，就可以看到大門牌。這一帶空地上那些供人休憩的木長椅，都設立在樹蔭下。這是最新的印象，以前是沒有的。最妙的是，我們那次提早到，在這一帶散步看風景，不意被震懾住了。時當黃昏，落日餘暉下的漁村美景，酷似一幅色彩調配得和諧的油畫。我們依偎在海邊欄杆，

放眼看漁村，但見遠處是連綿起伏着的山巒，近處是一動不動的、停泊在水面上的船隻，三五成群。正好天色在將黑未黑，遠近的燈光也是將亮而未全亮之際，沒有了白天陽光的強烈和暑熱，拍照正是其時。色彩配搭柔和，融合了油畫的豐富色調和水彩畫的清純簡潔。我們雖然攝影技術一般，但童心大發，你我互拍，效果真不錯。多少年來，我一直記得這最近一次的美好印象。

對鯉魚門的好感，也來自作家對它的描繪。已故香港鄉土作家舒巷城以「秦可」的筆名在一九五一年的《天底下》雜誌發表短篇小說《鯉魚門的霧》，作品以離開香港出外謀生十五年再回到香港的水上人在歸途的飛機上的回憶意識流為形式，曾經被抄襲兩次，兩次皆得冠軍。香港電台電視部在一九九五年將其拍成短片，在《寫意空間》節目裏播放。在我看來，一個地方被一位舉足輕重的作家描寫過，那就不同凡響了。鯉魚門正是如此，無端地塗抹了至少濃淡相宜的文學色彩，一如唐朝張繼的《楓橋夜泊》，令蘇州聲名大噪。

對鯉魚門印象深刻，還在於每一次都是生意做得成功的朋友請我們來吃。我們搞文化的，能維持而不倒已經很難得，通常是囊中羞澀，加上海鮮吃得太多未見太好，我們全家福的飯局都在城裏的中式酒樓或酒店的自助餐餐廳進行，也不方便跑得那麼遠。當年初到貴境（香港）一道做苦力的朋友後來發達了，他約我們來，説每年都要和孩子來很多次，可見他財力不薄。當晚他就點了幾樣海鮮代表性菜餚，如兩隻清蒸星斑、鮑魚、椒鹽炸拉尿蝦、粉絲帶子、伊麵龍蝦、炒小蚌、豆腐羹等。甜品綠豆沙是送的。所有的海鮮價格是三千五百多元港幣，酒家的加工費是按人頭計算的，每個人是一百三十元，八個人就是一千零二十四元。消費埋單總共是四千六百元左右。

這其中最貴的不是鮑魚（二十隻鮑魚只是五百多元），最貴的
還是兩隻星斑，每隻要三百多元。

　　走進鯉魚門海鮮街，潮濕的小徑，兩邊都是餐廳和賣海
鮮的，也有兩者兼而有之。食客先挑喜歡的海鮮，他們秤重計
價，然後送到您所選的餐廳，由餐廳加工。要怎麼個吃法，可
以交代餐廳的老闆或伙計。在小道上慢慢看那些海鮮，也是一
種樂趣。大部分海鮮被養在一方格一方格隔開的玻璃池中，有
的乾脆放在玻璃方箱裏。橡皮水管通水，水花四濺。這些海中
的巨無霸，其貌往往不揚，要嘛一派鐵甲銅身模樣，像是海中
的蝦兵蟹將，張牙舞爪好不嚇人；要嘛與石頭渾然一色猶如幾
世紀的化石，一動不動；一些罕見的巨型魚在水中慢慢遊戈，
身型奇特乖張，面目猙獰，怒睜怪眼。有誰會想到這些造型古
怪、表情冰冷、面目醜陋而色彩又多數灰暗單調的海中生物，
清除了外殼、進行各種烹調之後，肉體居然如此鮮美好味。人
不可貌相，海鮮也是內外不一的。

　　我們吃完海鮮，就漫步小巷，慢慢走到海邊，但見夜黑
如墨，夜色淒迷，聊天當中，方知鯉魚門的名稱和「鯉魚跳龍
門」那俗語沒有甚麼關係。鯉魚門因為地理位置處於九龍東
部，舊時香港和外國的船隻出入香港東面的海域都要經過此
角，它就像香港的一道門，因此鯉魚門就有了那個「門」字。
據住在這兒的「老鯉魚門」說，古時候，這一帶純粹是一個小
漁村，沒有甚麼高樓大廈，鯉魚門的清晨夜晚的景色都很美，
早上可以看日出，晚上可以賞月，尤其是八月中秋節，一輪黃
澄澄的圓月高懸於黑天，猶如一顆橙黃橘子嵌綴在黑綢緞上
面，黑黃兩色映襯得格外分明，難怪舊時的《新安縣志》曾將
鯉魚門資料載入，列「鯉魚夜月」為「新安八景」之一。老鯉
魚門又說，鯉魚門成為吃海鮮的歷史不算太長，那是起始於上

世紀六十年代吧！在此之前，鯉魚門由幾個小村莊組成。大部分村民從事打漁業，也有一部分務農和從事礦業。六十年代才開始有人試試將捕魚業和飲食也結合起來，獲得極大的成功。從此，鯉魚門成了著名的吃海鮮的地方，「到鯉魚門吃海鮮」成了一句出名的口頭禪。

這裏有一個天后廟，我們還是乘白天來看，歷史很古，名稱叫「天后宮」，面臨維多利亞海港海景，對面海就是杏花村和海防博物館，旁邊還有一塊巨石和一門大砲，巨石上雕繪着「萬世保民」四個紅色大字。據傳說，天后宮建於一七五三年，迄今已經有二百五十八年了。資料記載是抗清名將鄭成功的孫子鄭連昌沒有跟着祖父到台灣繼續反清抗荷，而是聯合一幫志同道合的志士，拒食清廷米飯，續守香港東邊海面，並淪為著名海盜。在鯉魚門內有一塊碑記，上面刻的字是：「天后宮，鄭連昌立廟，日後子孫管業，乾隆十八年立春。」鯉魚門的這一個天后宮，四周環境清幽，也頗安靜，從此地走到一些當年的老街小巷，感覺懷舊氣息濃厚，來此拍拖看日出直落吃海鮮都不失為好安排、好節目。

鯉魚門吃海鮮雖然價格昂貴了一些，一般是晚餐，不妨太陽未落山時早些到，先看看風景，拍拍照都很美。港九的海濱大道，現代氣息比較濃，毗鄰的是高樓大廈，鯉魚門的海邊風景阻擋物少，伴隨的是年代久遠的舊馬路。餐廳裏的老闆和伙計人情味也比較濃，可以有較多時間和食客天南地北地聊天。這裏吃海鮮也比較純粹和專一。當然我始終也忘不了，那位多次請我們吃海鮮的朋友，在走出餐廳時對我的忠告，他說，我說你啊，在香港寫東西是找不到錢的，我很快就回答他，那是，那的的。他一直以為我是靠寫來維持溫飽的啊。

赤柱・夏日

　　對於赤柱，保留的只是三十幾年前的記憶；由於它地處在港島的西區一角，很難有機會路經，除非特地去「探訪」。

　　赤柱的名氣太大，而且聽說甚有特色，尤其外國人十分喜歡，歐美遊客更是趨之若鶩；甚有情調的赤柱，便成了我們遲早要領略的勝地。

　　偶然在陪來港開會的外國文友的「香港一日遊」行程表上，竟讀到「美利樓・赤柱」的字樣，不禁心喜難抑。

　　多久沒來赤柱了？幾十年前的印象，已完全模糊了，像是到了一個新旅遊點。原來，赤柱範圍已擴大了，風景已跟數十年前完全不同。若不是這一天來逛一逛，完全不知道赤柱的

夏日烈陽，固然和舊日相同；赤柱的海景，也仍和當年一樣醉人，但赤柱的陸上風景，已變成了另一副容顏。

赤柱原來真的很有情調，難怪歐洲的遊客十分喜歡。單是那海景，那瀕海的街道以及咖啡座，還有那些充滿舊香港情調的小巷，都可以讓人遊覽大半天。原來赤柱已分新區和舊區兩大區，幾十年的久違，可謂有了天翻地覆的巨變。一幢現代化的、新型的大商場建在山坡上，不少大型旅遊車都停在商場附近的空地上。這兒有些豪宅，便擁有了依山臨海的優越地理環境，樓價也可想而知！乘着一節又一節的電動扶梯，面前的大海驀然開闊起來，重建的美利樓赫然就在最佳的海濱位置上，仿舊的建築樣式令人回眸一瞥，仿佛時光倒流，置身於半世紀以前的赤柱。曾經荒廢、鬧鬼的美利樓，如今開設着一些高檔的咖啡閣、賣一些高檔的商品……可惜時間太匆忙，沒能上去參觀。

夏日的烈陽，猛灑下來的白花花的光芒雖未必會燒焦皮膚，但足以走得叫人汗流浹背，幸虧誘人的海景和異國情調，令初來乍到的新遊客依然興致勃勃。觸目所見，盡是密密麻麻的人頭，我們才「驚艷」，知道了赤柱的非同尋常，也明白了安排「香港一日遊」的旅行社為甚麼在僅有的幾個景點中選擇赤柱了。這兒有海，有商場，有廟街式的小街，有咖啡座，實在「綜合」了尖沙咀、蘭桂坊、廟街、淺水灣等景點的優勢並融為一體，連所售的商品也比廟街精緻、高了一檔，價格又不太貴。

從無數節的、長長的電動扶梯下來，便見到仿舊的美利樓、大海和一列撐大洋傘的、露天的咖啡座，那種歐陸風味的確在香港其他地區很難見到。美利樓據說就有不少配件移自其他地區被拆建築物的「部件」。美利樓的重建，有點像中環碼

頭，讓人聯想到「懷舊」，是否有新拍的電影，以它為背景，
豈不是更好？

　　咖啡座一間毗鄰一間，沒有數它有多少間，最為奇特的
是，在炎炎夏季的下午，居然都滿座，而且九成都是洋人。座
位那麼密，地方那麼窄，但都座無虛席。或是啤酒，或是咖
啡，就這樣度過一個下午，或甚至消磨掉整個夏季？真是難以
想像。聯想到不久前我們到「人間最後一個天堂」印尼的峇厘
島小遊，也見到著名的古達海灘洋男洋女赤身裸膊地曬太陽、
讓按摩者按摩全身，那種對古銅色體魄的熱愛和對海灘陽光的
迷戀程度，和赤柱外國人嘆咖啡實在並無一致。

　　從咖啡街往前走，就到了舊赤柱區。所謂舊赤柱，主要
是指那條售賣工藝品、特色紀念品的小街。走進赤柱的這條小
街，跟尖沙咀一些以遊客為對象的街道不同，一是比較小型，
店鋪兩邊夾道，和廟街、女人街的臨時搭棚有別；二是品種比
較豐富，也比較精緻，售價也不太貴。這些小店鋪，有賣、刻
印章的、有賣以洋人為對象的衣服的，還有各種各樣的工藝
品……初來，恐怕連我們也會感到新鮮。同來的新加坡作家見
到一個小小的木製「旋轉木馬」特感興趣，儘管彈簧有些毛
病，依然買了下來。現在已經很少玩具製造商願意「懷舊」，
製造不合時宜的東西，但在赤柱工藝品小街，仍能見到這些早
期的玩意。

　　最妙的是赤柱小舖的一些店主，尤其是女店主，大都打扮
新潮，也確實有的長得娟好，招呼客人蠻有一套，帶着笑容之
外又擅於讚美顧客的打扮和儀態，態度甚佳，因此生意滔滔，
笑得合不攏嘴。

　　慢慢地在兩邊都是小舖的小街走、逛，時間會很快消磨
掉。聽導遊說，赤柱有家魚蛋粉麵檔非常有名，可是我們在街

內團團轉，找了很久就是找不到。問了幾家店主，才知道這一家名店「藏」在好幾家店鋪後面。驀然抬頭，才看到招牌高高懸掛在屋頂上，也才知道其實它是舊赤柱的獨家，別無分店。一大幫走進魚蛋舖，正值大熱天，猶如大蒸爐，人人滿額均是汗；而裏面的一間小房雖有冷氣，但空間太小了，大家只好在外面舖子品嘗「赤柱名食」，卻是感覺上差強人意。但這一區沒有其他類似的美食店來競爭，也就「一家獨大」了。

從魚蛋店出來，已是傍晚五、六時光景，夏日的烈威已減弱了許多，海風的熱氣和地面的暑熱也漸漸少了。再從原路走回，回望整個赤柱這以前以監獄為著名的「香港一角」，不禁感嘆於香港的「多元化」風情。在香港，既有男人街女人街這些平民化的購物街、較中層的銅鑼灣購物區，也有像赤柱這樣充滿歐陸風情的兼具遊覽和購物的特別地方。

夏日，不妨到赤柱一遊。

節日裏的大澳

　　幾十年前和新加坡朋友去過大澳，睽違近半世紀，對我來說，大澳變得新鮮而陌生。印象中那是香港著名漁村，但其風情味道如何，已經往事如煙，好似是前塵往事，說不上一二了。很多地方唯有再親走一遭才會有個人的特殊感受。

　　乘着清明假期跟着兒子一家去大澳，兒子開車到東涌，將車泊在一商場的停車場。我們就搭的士趕到東涌碼頭，乘從屯門開來的船，船途經沙螺灣再開往大澳。我們抵達大澳碼頭是午後，看到人頭湧湧，碼頭外都是人，排隊的香港和外地遊客繞了一圈又一圈，原來是準備歸程的人。來時乘船，可回程船班和容量都太少，都是排隊輪候長途巴士的。大澳東涌來去的

巴士源源不斷，比一公里還長的排隊隊伍，大約十五分鐘，已經輪到了。

從碼頭人擠人地慢慢走進這四十幾年後才重來的漁村，昔日印象已經蕩然無存。許多人似乎都有這樣的習慣，遠的歐美先去，近身的景點慢慢才遊覽。跨過小橋，映入眼簾的是龍舟比賽的大幅宣傳廣告。

大澳好，好在一種慢節奏。時光仿佛倒流，告別繁華，走在一百多年前的小漁村裏。一汪海水環繞小島，島內河道蜿蜒彎曲，多艘遊船載着西方遊客蕩漾水上，穿過小橋下的圓孔慢悠悠而去。那橋小小的，卻是遊覽大澳的必經之道。橋上有人滿之患，看風景的，倚着橋欄欣賞水光山色；拍照的，一方騷首弄姿，擺着偏俗氣的甫士，另一方慢慢瞄準。因為橋身狹窄，來去遊客便得趕快走過或敬立一旁等候。當然，這些都是來獵景的。橋上或岸邊看大澳，可不要忘記漁民的特殊買賣方式。像西貢的水上市集一樣，漁民將他們的營生船停泊在橋下岸邊，魚獲擺在船上，交易成功就將海鮮裝在手抽再放在籃子裏，再用細長竹竿的勾一勾，舉高在空中打了半個弧線，送到顧客手上。走進大澳，可以在很多屋宇後面或街頭轉角看到水上人家，據說那都是十九世紀建立起來的水上棚屋，它們前半建在陸地後半建在水面上，有點像我童年時期度過的南洋所見的一些河流港口當地原住民所住的河邊水上屋，倒也可以稍微消解我那已經漸行漸遠的朦朧鄉愁。

走進大澳的大街小巷，才感覺到選擇在節日裏遊覽大澳，那種如海潮波湧的人潮太過驚人。原來大澳不止有海上島嶼風光讓我們領略欣賞而已，還有各種各樣的美食令年輕人垂涎，幾乎所有現炒現賣的美食、小點都圍着一大群遊客。儘管各種食物都不便宜，但夾在步行道的兩邊美食小鋪，永遠是受到熱

烈歡迎的，僅是「這一檔到底在賣甚麼」的好奇心，已經足以造成一種圍觀效應，加上好不容易從前線鑽出來的，手捧紙杯，拿着塑膠叉子一口一口將美食往嘴裏猛送，又無異於一幅幅活廣告，令那些在外圍進不去的遊客猛吞口水。看吧，魚肉燒賣、瀨尿牛丸、特大魚蛋、自製手打墨魚丸、缽仔糕、奶油紅豆蛋餅、蒸糕、甜茶果、咸茶菜包、雞屎包、韭菜豬肉包、蘿蔔丸子、手抓餅……連普普通通的賣豆腐花的小食店都絕早爆棚。

再慢慢一路走進大澳深處，慢慢觀察兩邊店鋪所賣，大澳的味道也就慢慢從蒸籠蒸出來似的，讓你嗅足。最多的當然是海鮮半成品。最好的品牌據說就是那些一攤攤平擺着的魚子醬、魚粉、挑腸蝦乾、鹹魚蓉、蝦仔粉、蜆肉醬、蠔乾、黃花魚、螺片、生曬魚春之類，最想像不到的是連日本乾鮑、元貝和澳洲禿參也登場，我們無法辨別其質量優劣和本地產的有啥區別，以及與香港上環批發市場在價格上孰廉孰貴？只是對整個大澳海產之豐富感到驚奇。讀資料，我們知道，大澳遠在十六世紀漁港的雛形就開始形成。六十年前就曾經擁有一百多畝田，是一個著名的大鹽場。

還有另一些小舖子，賣着其他東西，如工藝品店就有好幾家，賣着多款貝殼串成的風鈴、各種鎖匙扣，其中大肚魚標本最是傳神，原汁原味，栩栩如生，喚起我的童年記憶。童年在印尼婆羅洲的馬哈甘河畔度過，就經常釣到這種大肚魚，想想當時我們將活生生的牠的肚子放在地板上摩擦，發出爆炸的巨響，也是夠殘忍的。如今一隻隻瞪着大眼睛望着我，一時驚心。我進到一家賣懷舊物品的店，分享舊年代的片刻流金歲月，感受世界突然定格在某一時光的奇妙，在架子上欣賞那些精緻獨特的手工製作和一些迷你藝術品，突然發現了一套拍

攝得很藝術的明信片。一套七張的攝影作品賣六十元，並不廉宜，然有三幀我一時就分不清究竟是攝影還是繪畫，買下的理由竟然就是因為這種分不清。畫面上的棚屋建築群密集而骨骼脈絡分明如繪，線條細致如髮。太令我喜歡了。我想願意開這類店的，有點像開書店一樣，興趣和愛好必然遠遠大過牟利的目的，要不然也不一定很容易經營的。最叫人淒然的是看到幾個年近八旬的老婦，依然坐在攤子一側，賣着一些折骨扇和圓布扇和其他舊貨色，完全不理睬外面世界已經轉得飛快。

大澳好，好在其實它就是一座天然的漁村展覽館。都説香港最早是從小漁村發展起來的，才慢慢走成今天這樣的現代化國際大城市。從這個意義來説，它保留得相對地完整。這島上的集市老街，不通汽車，適合慢步瀏覽參觀，慢慢欣賞遺世風情、漁村餘韻。兩三層樓高的番仔樓偶立其中，住着尋常人家；矮小的出租單車或家用單車靠在屋前屋後，覆蓋着厚厚的一層灰塵；一家門楣寫着「永助學校」的學校，校門牌上爬滿了青藤。整個大澳島嶼保留了最多的老宅舊鋪，我看到有一處廢墟，灰磚暴露，殘牆敗瓦頂上雜草叢生，仿佛無數心事，默默咀嚼着不堪往事。

兒子將小孫女騎馬馬（騎在脖肩上），累了我們就輪流抱着，終於將大澳的市中心走了一圈，走走看看吃吃，拍拍笑笑，坐在一座歷史至少有276年的關帝廟前的廣場邊的石椅上休息。我看關帝廟上的屋脊上精雕細刻着許多花鳥人物，不禁被吸引住，走進去看看，範圍不大，但也有收穫，取了一本免費派送的、印刷得圖文並茂的《大澳端午龍舟遊涌》出來。從中可以知曉小小大澳廟宇不少，其中楊侯古廟、關帝古廟、天后古廟和洪聖古廟度和龍舟遊請神有關。

沒想到清明節遊覽大澳，遊客竟然那麼多；我們回到九龍市區的家，已經是下午五時餘地光景了。

昂坪360逍遙遊

　　從地圖上看，大嶼山比香港島還大，但她的開發，遠遠沒有香港島早。然自從九龍城的啟德機場遷移到大嶼山的赤鱲角，機場鐵路延伸到此地，而東涌到昂坪纜車的建立，使到大嶼山和香港、香港民生、香港旅遊的密切關係，大嶼山的命運驟然改觀。瞻仰大嶼山的佛像，變得容易起來；到大嶼山漫步，也不需要再像從前，只有渡輪一途，也突然節省了許多時間。那一次，為了安排上海朋友來港開會後的一日遊，我特地到與大嶼山關係密切的昂坪360旅遊區視察了一次。果然，如果不需要爬上階梯親灸大佛，行色匆匆、走馬看花的話，兩個多小時就可走一趟昂坪了。我認為還是物有所值的，畢竟大嶼

山位於港島的西部，處身于南中國海中，抽離擠迫悶氣的港九市區，到大嶼山呼吸新鮮空氣，視野也可突然開闊起來，完全可以有力地見識香港的另一種風情。

前些年，昂坪纜車的新聞很多，纜車幾度出事停開，也是導致我想一探究竟的原因；而好幾個上海朋友，都不約而同地希望到大嶼山走走，可見一定有其迷人之處。到大嶼山看佛，交通很便利。地鐵可以在荔景轉車，也可以搭到機場的巴士，在東涌下車。如果是一位外地遊客，時間足夠，可以慢吞吞地在港鐵東涌站附近的商場逛逛商店、喝喝咖啡，才到東涌的纜車站搭纜車。照我看，搭纜車本身，不妨視為遊覽大嶼山的重要組成部分之一。因為從東涌到昂坪，纜車全長5.7公里，單程需時25分鐘，來回就要花去50分鐘。所謂「昂坪360」，以前未曾來過不知是怎麼回事，來了之後，才明白乘纜車看風景，可以將東西南北的風景一覽無遺。纜車的鐵纜夠長，也相當危險（難怪整修了好幾次），所以分了三大段。第一段叫「機場島轉向站」，可以飽覽東涌灣和香港國際機場的景色；第二段叫彌勒山轉向站，可以俯瞰大嶼山郊野公園和天壇大佛的景色，最後一段可以近觀昂坪市集的風情。這麼長的旅程，臨近碧海青山，教人不禁身心放鬆，心曠神怡起來。在纜車上，拍拍照，談談心，看看風景，消磨時間，都很美妙。

從東涌纜車站到昂坪纜車站雙程來回票，現今大人要150元，小童要75元，長者要105元，這是指標準車廂；如果乘那種地板用透明水晶的車廂就要235元。在昂坪市集還有兩種影院，一是靈猴影院，一是與佛同行每天十幾場，各是15分鐘。由於天壇大佛的名氣，在纜車站經常可以看到許多來自大陸和歐美的遊客排着隊在買票。乘上纜車，很快處在東涌灣上空，青山綠水，景色怡人；白霧朦朧，景物若隱若現。拍照都成朦

朧一片，卻倒別有風味。路程真的夠長，在我看來，是屬於昂坪360之旅的最重要項目。

在東涌踏進纜車而纜車仍未開出時，有站在月臺的服務員為您拍照，到達昂坪的拍攝中心，就有服務員拿着您的照片，問你要不要，裝在紙套內售價港幣100元。快捷是快捷，可惜也太貴了一些。普通的彩印，A4不過兩三元，這些服務連成本也不過多幾元，100元實在是太驚人了。回程時，在昂坪纜車站同樣有人為您拍攝，在東涌站取。拍照太貴，設在昂坪市集的店鋪倒是值得一遊。除了街道兩列商店建築古色古香、頗有江南園林庭院的風格外，商店內所售的東西，也做得很精緻，非常有特色。個別的售價較貴外，平均價格還是過得去的。其中賣石頭的、賣筷子的，賣佛教紀念品的，尤其是那些佛祖、觀音的塑像，都做得逼真細緻，巧奪天工……商品種類繁多，令人感到琳琅滿目，眼花繚亂。慢慢欣賞，慢慢領略時光倒流的感覺……時間足夠的話，瞻仰名揚海內外的天壇大佛，就近與他一起拍照，如果不覺得勞累，再去遊覽同樣出名的寶蓮禪寺，約半小時就可以了。這樣，大嶼山的重要「部分」，您都涉足了。至於要不要去遊覽大澳漁村，那已是另一個題目了。大澳漁村比較遠，需時一個半小時，恐怕很難連在一起，一氣呵成地遊覽。

在昂坪市集內，還有許多景物值得參觀遊覽。例如，「國際纜車展」，雖然展出的纜車數目不算太多，但好幾輛都是從國外運來港的（譬如巴西的纜車），果然和香港的不同。讓您參觀固然是一個目的，更有用的是供您作為背景拍照留念。市集內還有一間很有風味的「菩提許願亭」，後面的那一株菩提樹上，掛滿了吉利的許願祝福長條。相傳在菩提樹下的許願亭許願，您許下的願望都將會成真！「菩提」是梵文BODHI的

音譯，意思是「覺悟」，菩提樹即覺悟樹。傳說當年佛祖釋迦牟尼就是盤坐在菩提樹下，不斷反省自問，最終覺悟了宇宙人生的真理而得道成佛的。

市集約有七八家飲食店，包括甜品店、拉麵屋、茶藝館、咖啡店、珍珠奶茶店⋯⋯數目仍嫌太少，價錢稍貴。海內外許多遊覽的地方，風情、購物、風景都不錯，但就是飲食一關常常過不了，不是價錢太貴就是食物太差，而往往叫人更遺憾的是又差又貴，令遊覽勝地大大失分。我們沒有進市集的食店小試，不知裏面乾坤如何，但走進一家很簡陋的賣咖哩魚蛋、豆腐花的店吃一碗豆腐花，十元一碗，碗就小得可憐。為甚麼政府有關部門不要開發？讓更多的美食店、小食攤在這兒經營，那麼多遊客來此遊覽，我們就不相信不會賺得盤滿缽滿。還有，市集兩排中國舊年代風格的店鋪數目畢竟還是嫌太少，街道也辟得得太短，總的來說還是不夠熱鬧。要發展旅遊業，處處得為遊客着想，商品、票價等也不要太貴，太貴會嚇跑遊客。一張相片售100元，就令人非常費解。為香港旅遊業的形象和發展，我們的目光應該長遠一點，薄利多銷好過賺一次而已。

大嶼山，一個經常濃霧輕罩的島嶼，不妨探幽尋夢，來一番逍遙，必有收穫。

（以上大部分資料是根據作者多年前的遊覽感覺及體驗——特此說明）

懶洋洋的長洲

　　一切都那麼懶洋洋的，步伐、腳踏車、小艇搖曳的姿態、覓食的狗，餐廳的招徠聲，甚至吃飯的速度……一切動的生命似乎都在這兒慢下來了，有足夠的空間喘息、思考和說話。中午時分，初冬的長洲，海那邊，海風吹刮，帶着些微寒意，可是在好幾座建築物背面的這家充滿西洋情調的餐廳，顯出一派亞熱帶獨有的悠閒舒適和懶洋洋情調：陽光本已不強烈，一傘傘又圓又大的遮陽傘，正色彩奪目開到餐廳前面彷彿纖塵不染的乾淨空地上。那些桌子都漆得雪白，那些椅，還有條狀的背靠，十足十九世紀西洋的格調。寂靜無聲，沒有行人的喧鬧，汽車的嘈吵，氣氛、環境、節奏就那麼調和成長洲一個與世無

爭的懶洋洋的中午。

　　他們叫咖哩海鮮飯，我要了西炒飯。飯送來時，無聊地抓起枱上飯牌來讀。人説擅讀餐牌也可以瞭解一個城市或一個小島的「食文化」，果然，甚麼義大利粉、印尼炒飯、西班牙咖啡…；舉凡五湖四海的食品點心都可以找到。目下非旅遊之季，遙想盛夏裏，這餐廳必迎接不少香港和外國的遊客，必出現人頭踴踴的盛況吧！而今是滿目寂靜，只有風吹來時葉片在地上輕輕滾動的聲音。

　　有多少年了沒來長洲走動？它的形影早就模糊，早就跌落在我們的遺忘國裏。也忘了到底哪一年，我們來探一對住在這兒的朋友，如今因為往返香港不便的關係，也許還有更重要的原因早就搬回香港島了。我們就在香港的新離島碼頭，看到中學生早上搭船，船一到就衝刺飛奔，為趕得及參加八時左右的早會。下午四時多，不少老師搭四時許的船回市區。

　　「就當旅行吧！」一個老師説。這是當我們問起往返共要化去兩小時會不會覺得煩悶時他的回答。「每天早晨我們要趕上七時許的船，如趕不上就要遲到了！」又一位老師説。

　　這些老師不怕厭倦、辛勞，每天為教學生而如此奔波，真教人蕭然起敬。雖然當兩小時的海程為「旅行」，出語詼諧幽默帶着自嘲，可是熟悉的海洋，熟悉的海上風景，一天兩次觀看已足夠麻木了，除非有書在手，可以聊解途中的無聊和厭倦。那又當別論。……

　　吃飯當兒，邊吃我就跟兩伴兒説起長洲見聞，語帶吃驚：「有些學生家就住在艇上。剛才我在海邊，就看到有不少學生中午休息時下水艇，由搖船的女人送到海中更大一點的船上。我問站在海邊的一位學生，他們是不是住在船上？他點點頭。」

91

　　陳先生笑着不語。我又說：「那船這麼小，不是挺不方便嗎？」陳笑說：「你放心。他們的父母不少人有更大的船。一艘船，較大的，價值幾百萬。有關當局安排他們上岸，有不少人不肯，住政府屋要交租啊！」不問我真還不知道這樣的內情哩。在我想像中，打漁船再大，空間也畢竟太有限，吃飯、做功課、睡覺⋯⋯不是挺不方便嗎！住城市慣了，我的思維方式也變得「很城市」，無論如何都無法設想海上人家的生活，船上人家子弟的心靈又有着怎樣的一個星空。

　　一頓飯就在拉雜聊談的慢節奏中吃完了。我們就趁學生下午未上課前將附近的街道、街市走了一遍。碼頭附近，店鋪、報攤、茶樓、士多、雜貨店、水果攤⋯⋯一字排開，大塊大塊吸引人前往的方形木板廣告，告訴你哪兒有火鍋，有生猛活海鮮，附上地點、電話⋯⋯屢見不鮮。政府的「街市」一派繁榮熱鬧。海邊，小船、中艇雜舶；沿堤岸漫步，不時見到老人面海癡呆、或在樹蔭下的木椅垂頭靜坐。我驀然想起我小說中的老人，不時出現過這樣的畫面。只是永遠也無法瞭解他們的家境和心境了；也許，那未曾發掘的故事永遠塵封，隨着生命的消失而流逝，也許其中也實在沒有甚麼動人的、可說的故事。人到了老境，不都是愛憶舊談往麼？或許人的一生多少都曾有一段光榮、一想起來仍會心顫的歲月吧。

　　至今回想起來，我依然是忘不了那走過的寂靜地；大樹佇立不動，地上乾淨得不見垃圾，小廟座落在幽深處，背後是一動不動的藍天白雲。半天不見人影。那樹下的石椅也空無一人，總誘發我坐上去、悠然抽一支煙、陷入思索⋯⋯真的，在我們為一個共同目的來到長洲的伴兒回到崗位時，我多次蹓了出來，在這兒偷得半日閒。做事要合夥，思考卻宜獨處。回想這大半年，熱情的朋友來來往往，多得有時就辦不了事，而時

間卻又那麼珍貴。甚麼時候可以慢吞吞、懶洋洋地坐着、好好地整理一下思緒和思路呢？人生如一部大書，需要章節分明、目次清楚，小說高潮、情節都是人安排的呢。長洲的懶洋洋情調，正給似我講究高效率高節奏的人以一思索反省的最佳環境。

　　長洲兩日，歸程心情如海浪起伏，久久不能平靜。我們這次偶然和長洲結緣，誰會料到完全不是為了遊山玩水？我望着海浪的起伏和跳躍，對着陳先生和蔡小姐說：「等一會船到香港碼頭，不會像昨天上船，那麼狼狽吧！」陳說：「反正下船容易上船難，你別緊張，由我來。」他如此這般交代着我，生怕我——雖塊頭很大但畢竟是一介書生——傷了腰骨。但昨天清晨那一幕還是叫人難忘的，現實比事前想像的還糟。早在前幾天，陳就到碼頭「勘察」環境地形，也跟碼頭上貨處的管理員詢問有關將書送上船的所有細節；可是誰都沒料到長洲的船一到岸，又開得那麼急。我和陳分別推着各載上九大橙箱的書的小推車，沿碼頭低層的木板斜坡推下。管理員一看不對，替我們將小車轉了個身，變成了人在前，貨在後，不是推而是拉，如此才可預防書倒下。可是車子太小了，輪子不合軌道，而斜坡上每不遠就有木條凸起，每拉一步都沉重如山，得化九牛二虎之力。我因慢，遠遠墮後，陳力太猛，箱子如骨牌倒下，幸管理員人好，出手相助。顛簸一陣，到了船舷的搭板，才看到海浪太大，搭板搖晃，不時騰空而起，小車根本上不了。又是那個碼頭管理員，以火速的、果斷的動作分批將箱子搬到船上。貨一上船，我和陳已汗流浹背，才又發現我們實已混在果販、雞鴨販中。我們的書也雜在雞鴨籠附近。我們三人面面相覷，方大悟到長洲書展之不易，以及為甚麼沒有機構願來此了。我一時很感慨，想到有許多推動讀書風氣的計劃未免

堂皇冠冕而遠遠脫離實際吧！人們習慣了斯斯文文、乾乾淨淨
開會高談闊論，誰願意流一身臭汗搬書上船將自己「淪」為小
販？可是蔡小姐不忍，學校老師早在一個多月前積極主動來聯
絡，幾乎隔一晚就打電話來表示長洲沒有書店，學校有意讓同
學多接觸課外書，願在推動讀書風氣方面共同努力……這樣的
誠意和責任感，任我們是鐵石心腸也會被融化。於是有了長洲
某家中學書展之舉——不能不聯想到目前有個別中學校長，斥
書展中的現金購買為「商業行為」，不能不叫人震驚齒冷。這
樣的一校之長，迂腐得連一個碼頭管理員還不如！管理員還懂
得在你出窘時「鰝」出來助你一臂之力，可是那樣的罕見的校
長（百中無一！）其思維方式還停留在僵化社會，做的是直接
扼殺學生課外閱讀權力的行為——還是想一想離島這學校吧，
告別的這一天，他們五六人相送，兩三人推車，送君送到大碼
頭，儼然當你為文化大使，懷一份對出版從業員的人格尊重。
你的心會被感動，會流淚，會感激，會想到一次實際行動、將
書送到同學手上遠比那些實效不大的計劃更有用。

　　「你們每年一次過，把這兒三間中學、五間小學的書展做
遍，就不用那麼辛苦了！」歸程，同船的學校中文主任說。我
們三人都笑了，我說：「找個度假屋，順便度假吧。」

　　船到香港碼頭，遠望聳入雲天的建築群，對長洲不禁有一
份掛念，仿似做了一次夢。

　　那在碼頭上貨的緊張感、狼狽狀全被長洲懶洋洋的水、
風、腳步、景物、樹木掩沒了。

　　這竟是個沒有書店的懶洋洋小島。

香港十大商場排首
——海港城

　　香港旅遊當局曾經讓市民投票，選出心目中的「十大商場」，結果榜上排首位的赫然是位於尖沙咀海畔的「海港城」。這個結果，可謂眾望所歸。因為海港城具備了做商場龍頭大阿哥的資格和條件。也許一些市民不清楚海港城的準確地裏位置，但中國大陸一些富二代、富三代和暴發個體戶，對「海港城」決不陌生。海港城是國際超級品牌旗艦店的雲集之地、最理想的購物地標，應有盡有，顧客多是錢包飽實甚至漲得爆裂的、錢有餘裕、出手決不心軟的豪客撒錢地方。

去海港城交通非常便利，除了就近有個尖沙咀碼頭、提供香港九龍來去的方便之外，碼頭出口也就是巴士總站，搭巴士、的士都容易，最近的地鐵口就靠近廣東道（L6）和漢口道（L4）。

這個海港城大正門，佔據了廣東道尖沙咀路段大半條街，這部分，也成了元旦香港市民自發舉行「倒數」儀式最熱鬧的地點之一；從碼頭、車站到海運大廈之間的空曠露天地方，耶誕節被裝飾得美輪美奐、節日氣氛濃烈得一時無兩，也是夜晚觀賞海景的最佳位置。如果我們觀察和研究有關地圖，會發現：除了香港科學館、香港歷史博物館比較遠之外，好幾個著名景點都沿着海濱展開，與海港城形成了一個九十度垂直角。如果您的親友想做「尖沙咀一日遊」，可以從星光大道、香港太空館、香港文化中心、尖沙咀鐘樓、天星小輪一路走來，看看停停、拍照談心，最後走到海港城，正好已是日沉西海的時分，乘着華燈初上，進入海港城購物，不購物也不妨見識一下，不失為一種最佳安排。

海港城規模巨大，它由四個大商場「連袂」而成。這四個大商場是港威商場、海洋中心、海運大廈、馬哥孛羅香港酒店商場。期間沒有明顯的分隔痕跡，早就渾然一片了。縱然您取得一份厚達26頁、具有多種文字版本的《商場指南》，如果如同筆者一樣缺乏方向感，也會被搞得眼花繚亂，因此，最佳的方法，還是不管三七二十一，先走進去才說，要找甚麼店鋪，問一問有關管理員更好。

集觀景、購物、美食於一身的海港城，總面積達到二百萬平方尺，據統計，至少擁有四百五十間各種類型的商店、五十多間中西食肆、三間星級酒店和兩間戲院。幾年前隨着機間大酒樓、戲院的拆遷，現在的海港城已經臻于完美之境，幾個商

場連成一氣兒不留痕跡。先說說「觀景」，由於海港城位置毗鄰維港，其一側的海岸線非常長，被商場充分利用，讓市民看景或散心。例如，海運大廈五階可以欣賞夜景，不時有文物展覽，常設的有推車式滅火器和十八世紀大炮臺；海運大廈門口有蓋行人路，已經成為著名的「相約地點」，和地鐵內的「恒生銀行」一樣；港威商場二階、海洋中心二階、四階日夜都可以欣賞海景和日落景色，有不少咖啡店還開到這些長廊上，邊飲咖啡邊賞日落邊談人生體悟和工作大計真不知人間何世！再說一說購物。如果簡單地形容，海港城的商品與九龍男人街女人街的商品其貨品和身價可以說幾乎處於兩個極端，後者為草根階層所歡迎，來逛逛的多數是好奇心十足的鬼佬、工廠打工妹、廉租屋裏的師奶、販夫走卒者流，東西要多便宜就有多便宜，前者多數是富家子女、豪客、藝人、紳士淑女、大陸掃貨的暴發戶等，東西要多貴就有多貴！

那麼海港城主要以賣甚麼為主呢？隨便那麼走走大約十分鐘，就不難瞭解到海港城並不是甚麼都賣。譬如，柴米油鹽這些東西它就沒有。商場以下列商品為主：女士時裝、飾品；皮具用品、皮鞋、手袋；兒童及孕婦時裝、玩具及兒童傢俱；美容、個人護理；男士時裝、飾品；運動服裝及體育用品；禮品、百貨；珠寶、手錶；影音器材及家庭電品、家庭佈置及飾品；生活用品、眼鏡等。如果統計，會發現一個很有趣的現象：數量最多的商店是美容和個人護理，其次是女士時裝和飾品，第三才是男性時裝和飾品。可見，愛美是人類天性，尤其是女人為然。的確，只要走一走，就會看到許多名牌美容店裏，人頭湧湧，擠得不得了，有的化妝品店乾脆請代言的模特兒當眾示範、現身說法，由於是藝人、當紅明星或名模代言，造成名人效應，這一類型的店通常旺上加旺，生意滔滔，愛靚

的年輕男女乾脆坐下來，讓美容師在臉上塗塗抹抹。其次是男女時裝和飾品，而最令人矚目的是男女的皮具用品、皮鞋和手袋。可以說全球的名牌都幾乎來到香港這海港城開了分店，找名牌女性手袋、男士褲帶、公事包，這裏正是其所。別看這些店有時靜悄悄，好像沒甚麼大動靜，實際上許多生意都在靜悄悄地成交；設問三千來港元一條的男裝褲帶，一兩萬元甚至三幾萬元一個的名牌女性手袋，每天不需要賣很多，已算有交代。再說，這類名牌產品，出產的歷史悠久，視窗吹喇叭——名聲在外，在各國各地開店，多數旨在宣傳廣為人知，他們批發早有成功的軌道，並不在乎一個小分店的零售額。您看看那些名牌店的男女店員，衣着整齊高貴，有時個別人眼睛還長在額頭上哩。到這類店，問問價錢，思想得有準備，都是名牌價格，動輒千元，不是鬧着玩的。有一家以兩個字母作為標誌的名牌女性手袋店，佔據了商場三層樓高的面積和空間，不但貨色豐富，而且店裏店外的設計新穎獨特，充滿了藝術構思，單是欣賞，也值回票價了。

海港城的咖啡店、中西美食多達五十幾家，因為地點好，有海景欣賞，又可享受消費氣氛，通常都有人滿之患，要排隊輪候，最後值得一提的是海港城的各種服務也比港九其他商場多，例如銀行取款、行李寄存、詢問處都提供各種服務，只是商場太大，一旦走進，有如走進迷宮，容易迷失，還有，抱着參觀《地球名牌大展》的心態來逛逛海港城，一定收穫不少。

商場面面觀

　　說商場是中外古代「集市」的「現代版」，必不為過。最大的不同是中外舊日的「集市」雖有開市和收市的規定時間，但集市是分散的「各自為舖」和「就地擺攤」，沒有同在一個「屋簷」之下。現代商場不然，地產商興建大型屋苑之前，計劃書或藍圖中早就設計好，將一定規模的商場（Plaza）列為其不可或缺的組成部份，有時還成為推銷該樓群的賣點。

　　現代化的大型商場不僅成為了香港經濟好壞、市民消費能力強弱的晴雨表，而且是香港家庭主婦「血拚」（shopping）掃貨的最佳表演場所。如果說，像廟街（男人街）、通菜街（女人街）這些「夜市」以其簡陋、廉價為特點而以普羅大眾

為對象、充滿了「草根」氣息的話，那麼，不少較為中高檔次的商場則表現了其精緻、多元、漂亮的形像，受到中上層市民的歡迎，成為外地遊客遊覽購物、本地市民消閒消費的重要去處。因為香港略具規模的商場，都基本上是商業性的、卻又是綜合性而兼娛樂性的。它們集日用品店、科技產品展銷、迷你戲院、卡拉OK、茶樓、各國美食、遊樂場所、上網甚至酒店於一身。最大的都具備這些特點，例如旺角的朗豪坊、金鐘的太古廣場、太古城中心等。一般規模的商場，雖未必應有盡有，但至少兼具幾項。香港的商場，是香港作為工商業大都會的驕傲；畢竟每個商場不太一樣，都各有特點，有的還成為著名的地標。例如位於銅鑼灣的時代廣場，就成為新舊年交接時倒數的市民（尤以年輕人為甚）聚集之地；紅磡黃埔花園的黃埔號，地下是Aeon超市，地面上居然是一艘頗有氣勢的「大郵輪」。如果有誰肯苦心研究，編寫出一本圖文並茂的《香港商場風采錄》之類，一定非常有看頭又實用。

曾有人做過調查，位於尖沙咀廣東道地段的海港城商場人流量全港居冠。這商場未見太突出的特色，也許跟地處遊客區不無關係。論到「十大商場」，以下廣場、商場都頗熱門：朗豪坊（旺角）、時代廣場（銅鑼灣）、太古城中心（太古城）、德福廣場（九龍灣）、APM（官塘）、海港城（尖沙咀）、沙田城市廣場（沙田）、太古廣場（金鐘）、杏花邨新城（杏花邨）、又一城（九龍塘）等，還有頗負盛名的金鐘的金鐘廊等；新界的新區，如青衣、將軍澳、天水圍等都有相當規模的大型商場。三大屋邨美孚新邨、太古城、黃埔花園之中，美孚的商場不怎麼樣，黃埔花園的商場則分散成「時尚坊」「家居庭」「聚寶坊」和船型大超市；最異數的是「德福廣場」，地價未見最高，但第一期第二期連接的德福廣場，無

論是規模、設計、人流、特色等，均別樹一幟，令許多商場迷趨之若鶩。

香港的這些著名商場，都各有特色，這兒略談幾個。位於旺角地鐵銀行中心出口的朗豪坊，雖是建成沒多久，但頗負盛名，成為年輕男女最愛逛的商場，比諸時代廣場，大有後來者居上之勢。原來，這朗豪坊除了佔據了旺角鬧區、人流最密的「地利」之外，還在於商場內有迷你影院，五樓又有各國美食，其商舖所售泰半是緊跟潮流、時尚的玩意，如飾品、精品、遊戲機、服裝、紀念品……等等，拍拖中的年輕男女在假日裏到朗豪坊，可以「看電影、吃飯、購物」一條龍，消磨去大半天；朗豪坊的設計，又比較特別，現代氣息甚濃，從其不規則的扶梯方向即可見一斑。

德福廣場規模極大，頗有特色。它是德福花園所在地，又毗鄰九龍灣的國際展貿中心，人流也很驚人。該廣場乘地鐵就可以抵達，堪稱兼具商業、娛樂、飲食、閒逛多重功能的現代商場，以裝飾講究、人流稠密、光線充足稱著。商場內有一段，頂上用的是玻璃，大白天陽光影照時非常明亮，卻並不灼熱，其效果有如屋頂上裝上了數千支日光燈，很有特色。

位於銅鑼灣羅素街的時代廣場，其商場內售賣的東西多是名牌，也比較昂貴；但這廣場的外觀建築卻很有自己的建築風格，被評為香港最有特色的十大建築之一，本港居民和外地遊客均喜歡在露天上的時鐘標誌前拍照留念；附於高牆上的大型熒幕，令每日上班拚搏的白領在中午吃飯休息時也可以知道港內外發生的大新聞；最妙的是元旦、平安夜前夕的倒數活動，群眾都不請自來，造成「集體的約會」。由於成了獨一無二的地標，拍拖中人在時代廣場約定見面已不亞於在「地鐵」的「恆生銀行」，甚至一些小說，也寫到它。時代廣場一側的飲

食天地，也成了受中層歡迎的應酬吃飯場所。

　　許多商場是和地鐵站連在一起的。這種模式可能從日本學來。香港新界的商場，例如粉嶺中心、沙田城市廣場等都比較平民化和大眾化，極為熱鬧。例如沙田城市廣場，除了位於火車站，也變了其他區乘港鐵的人欲到沙田大會堂的必經之地。這商場的行人，腳步也最為匆忙。香港的大型商場都設有洗手間，都建在比較隱蔽之處，若有需要，就非看指示牌不可。當然，香港的大型商場，也有為人詬病的地方，例如，基本上不設排椅，走累的長者有時會坐在一些階梯上歇息，很快會有保安人員請你起身。這種少了一點人情味的情況，如果改善，必然使香港商場文化提高到一個新的層次。

　　香港商場文化是屬於屋邨的，同時也是屬於旅遊的重要資源；不純是中產師奶「血拚」的專利，而更是全民的「精神財富」。僅是每一家舖子的設計，就已足以令你慢慢欣賞；你花一日消磨一二商場，也絕對不會沒有收穫的吧！

男人街・女人街

　　很多國家的大城市都有「特色街」。近年在香港，「特色街」在報刊的出現率與「集體回憶」「保育」和「文化古蹟」等詞兒一樣熱門。甚麼叫做「特色街」？原來，特色街是非常有旅遊價值和經濟價值的街道，成為外來遊客消遣、購物和遊覽「三合一」的景點，也成為有明智頭腦和長遠眼光的政府賺取外匯的旅遊和血拚（購物）功能兼具的「資源」。香港自然也不例外，近年在大力保存、開拓和美化香港的特色街。所謂「特色街」如何去定義之？如果明瞭「食街」「夜市」，庶幾也可知道何為「特色街」了。食街以經營各類地方小吃、小食為主；「夜市」「夜街」強調在夜晚才營業，有的城市還實行

「不夜天」。其特色從物品到對象無不貼近普羅大眾的喜好和購買水平。

香港的特色街大都集中在九龍。如旺角、太子道地區就有專門賣波鞋的、賣金魚等魚類的、賣雀鳥的；深水埗在南昌街和欽州街之間有一條很著名的「鴨寮街」，整條街的店舖都賣電子零件和電腦軟件。這些特色街，都以售賣某一種商品為特色，所謂「成行成市」，因同行而成市。然論到香港名聞海外、令中外遊客趨之若鶩、渴望一遊的，應是九龍的男人街和女人街了。這兩條街以男女性別稱之，已十分特別，而其所賣物品之雜，也與香港、九龍其他特色街不同。

先説「男人街」。其正式的街名叫「廟街」，起點於佐敦道，與上海街平行，大抵到街市街告一段落。在街市街和眾坊街之間，幾株樹齡很老的榕樹下，過去還有一些街頭藝人唱粵曲或賣唱，但現在已裝修和改裝成一個供長者休憩的公園。公園一側並列着幾幢廟宇，應與廟街名稱的源起有關。整條廟街雖然橫跨多條小街，包括南京街、寧波街、西貢街、北海街、甘肅街，但其實並不太長，遠遜位於旺角的女人街。男人街（廟街）在靠近佐敦道一段，三十餘年前還有大牌檔，一到夜晚鬧哄哄的，煤油燈光和熊熊燃燒的爐火相輝映，熱鬧得不得了。上世紀五十至七十年代，午夜過後至凌晨時分，還有在唐樓下企街的鴇母會阻街攔人，問你要不要找小姐或姑娘。由於廟街的這些歷史，香港拍過以反映此區妓女生涯的《廟街皇后》（張艾嘉主演），名家海辛寫過長篇《廟街兩妙族》，然社會上普遍認為「廟街」是一個藏污納垢之地，印象泰半負面，有關的文學圖書很難進入中學老師的視野並推薦給學生。

再説「女人街」。男人街位於油麻地，女人街則位於旺角。其歷史不如廟街那麼悠久，但卻有後來者居上之勢。女人

街與彌敦道、西洋菜南街、花園街平行，起於登打士街而止於亞皆老街，也橫跨幾個路口，包括豉油街、山東街、奶路臣街。由於相鄰的西洋菜南街早就闢成行人專用區，行人密度堪稱港九第一，也就帶旺了「女人街」。地圖上，標明出來的女人街，延續下去就是通菜街了。從男人街末端的眾坊街走到女人街起端的登打士街，慢慢走的話，約莫十來分鐘吧！傍晚開始出動，加上吃晚飯，再逛它兩三個鐘頭，就可以將男人街和女人街走完，如果不嫌棄東西比較大眾化，必然可以盡興而歸。難怪它們通常是外地遊客遊覽香港時「自由活動」的必備節目，尤其是女人街。

這兩條著名的特色街究竟有甚麼特色呢？

其一，商品以「用」品為主，「食品」基本絕跡。所謂「用」的大抵包括男女衣服、旗袍、童裝、各款乳罩、雜牌牛仔褲、T恤、睡衣、襪子、背心、毛巾、褲帶、皮具、女式手袋、手錶、各種公仔、帽子、皮鞋、玩具、紀念品、粵曲唱碟、影碟……由於雜，逛這兩條街，如果不介意其貨品檔次不高，就可以買到不少所需。有時攤子上賣的是名牌水貨，價格就比大商店內的便宜很多。

其二，可以講價。由於成排成列的攤子，設備比較簡陋，成本不需很高，這兒的東西價格也就比較大眾化，部份攤主允許顧客討價還價。當然，大體上生意還是不錯的。大部份逛遊女人街男人街的顧客，來前也早就清楚這兒不會賣太高檔的商品。男人街和女人街所賣東西只有小小不同，男人街東西偏向男性，物品沒有女人街豐富。早期，男人街不時有些男販暗中叫賣一些「妖精打架」的圖冊，自從四級光碟的出現，這類交易已沒市場。但至今，行廟街前，朋友總吩咐你要小心，也許就是那時留下的壞印象吧！

105

其三，兩條特色街白天休息，不見人影。下午四時陸續開檔，到了五時至六時就逐漸熱鬧起來。飯後九點十點則是人流的高峰時段。一直到午夜過後人流才漸漸變得寂寥稀少。

其四，因為攤檔非常密集，女人街人流量驚人，形成了香港最富地方特色的景觀，大大吸引了西方遊客來此「血拚」。於是這兒的攤主，無論是穿緊繃牛仔褲、打扮新潮的小姐、半百年紀的阿嬸，抑或看來土氣十足的阿叔阿伯，多多少少都會講些有關買賣的淺白英語。

這幾年來，由於港澳兩地旅遊業競爭激烈，香港特區政府深深了解到「特色街」已形成香港旅遊業的重要「賣點」和可以產生無窮財富的資源，因此對之大力保護，設地標，拉橫幅，印宣傳小冊，加強交通措施，改善周遭環境，不一而足。你只要走一走，當會看到「女人街，歡迎你！」的標語高高地迎風飄揚，這在幾十年前是不可想像的。

旺角情意結

　　北京有王府井，臺北有西門町，東京有銀座，雅加達有班芝蘭……世界上著名的大城市，都有傳統的、熱鬧的行人專區（或稱購物區），香港也不例外，鬧區有好幾個，但排在第一位的是九龍的「旺角」。

　　旺角的人口最稠密。最熱鬧、人流常常達到高峰的就在西洋菜南街這一段，那兒還有通菜街、花園街等幾條著名的街道，分別被稱為書店街、女人街、波鞋街、金魚街等的雅號，足見旺角的多元化，本身有着幾大特色，是九龍最有代表性的鬧區。買波鞋？到旺角；養金魚？到旺角；買書？到旺角；買手機？到旺角……香港人而未到過旺角的，可說很少很少；外

107

來者不到旺角，好像未曾到過香港。香港的年輕男女，拍拖時喜歡逛街，到旺角去已成例牌節目。儘管人流是那樣摩肩接踵，聲音是那麼嘈雜，但手牽着手，這兒逛逛，那兒看看，其中的妙趣大家心領神會，不可言宣。畢竟無所事事也變成了有所事事了。在步行區沒有目的地漫步，領略和享受香港鬧區旺角特有的風情，是很文化的表現之一。偌大一個旺角區，相關的彌敦道路段近年已是珠寶首飾店的天下，但平行的西洋菜南街那部份完全不同，甚麼店鋪都有，是各種時尚名牌的展示區，最新的東西很快便能在此區出現，這也是年青人喜歡到這兒走一走的主要原因。

旺角最熱鬧的時段都在午後。有的店鋪遲至十時、十一時才開門。三樓書店以前是十一時開始營業，近年文化生意難做，不少樓上書店推遲到十二時、下午一時才開始營業。旺角，究竟有些甚麼特點呢？

一是人多。除了拍拖中的男女、學生，有相當一大部份是從事各種行業的寫字樓白領、喜歡看書買書的文化人。各色人等很多，品流複雜，正反映和體現着旺角鬧區中心甚麼都有：名牌服裝店、電腦、電子商店、影碟店、波鞋店、茶餐廳、速食店、各式商場、銀行、精品店、手機商店、纖體公司、化妝品店……旺角人多，因為有不少顧客就是沖着這些商店而來；除了本地客，也有相當一部份人是外地的遊客。最熱鬧的西洋菜南街一段路成了行人專區。一到下午五、六點，鬧哄哄的，吵得像剛滾開的鍋，人流就是溢滿出來的濃汁。在這兒，要找一處無人的空間來拍照幾乎不可能，隨便抓數碼相機看鏡頭，滿眼的都是人。其中就有一個地鐵出口設在最熱鬧的「銀行中心」，它如同地鐵內的恒生銀行一樣，成了約會等人的重要地點。在旺角這一區，因為人擠人，人太多，任何人的腳步都要

放慢起來。

旺角的第二個特點，是廣告招牌多。與東京、臺北、首爾的招牌都是豎的（直的）不同，九龍旺角的廣告招牌（或公司名稱）除了多得驚人之外，還在於其五花八門，令人眼花繚亂：有的直掛，高達幾層樓；有的打橫，幾乎觸及對面的大廈；有的佔據了大半天空，讓人一眼望去，都是廣告……這其中，有的是為某種商品做廣告，有的是店鋪名稱，有的是告訴你幾號幾樓有鋪位招租，還告訴你電話號碼和聯絡人。最奇特的是一走出地鐵E出口，你就可以看到多個高舉看板的廣告人，一邊舉牌，一邊派宣傳單張，成了「旺角一景」。以人體做廣告的暫時還看不到，但旺角「天空」的廣告森林實在驚人。你迷我，我迷你，雜亂無序，彷彿沒有受到規管似的。在刮八號風球的日子裏，不少已在搖晃的巨型廣告，分分鐘有掉下來砸死人的危險啊。

旺角鬧區的第三個特點是其不斷變化着的街頭文化。在西洋菜南街的行人專區，多個攤檔擺列了密集的手機、信用咭的宣傳品招徠生意。各種不同公司的電訊機構在推銷他們的服務。有時候也可以看到一些特別的人士和機構，在這兒劃地為牢，或用高音喇叭，宣傳他們的政治主張；或裝扮得古裏古怪，為某一種商品作宣傳。由於人口稠密，在這兒推銷甚麼，都能達到事半功倍之效。

早年的旺角鬧區（在彌敦道路段）還有不少著名的酒樓，夜晚還有夜總會，但隨着城市的發展，大型的酒樓已越來越少，旺角慢慢地變成了較為純粹的商業區和購物區。讀周淑屏以其童年和老一輩親人故事為素材的小說《彌敦道兩岸》，我們還能領略旺角早期那種純樸的風情；而今，老字型大小的酒樓就剩那麼僅存的幾間，一些老街坊在茶樓上還可以邊呷清茶

邊話當年，但能共同地集體回憶的事物已不多了。當然，舊的
東西不能一味地不加整理地保留，那樣「老化」的事物是無甚
歷史價值的。舊區必須「活化」，注入新的血液，才有生命
力。「銀行中心」鄰近的雅蘭酒店後面、位於上海街的多層
式、多元化商場朗豪坊的建立，便是為旺角「活化」、增加生
命力的重要的、富有標誌性意義的建築，更是讓旺角更無可辯
駁地、無可替代地取得了全港九最有特色區域的地位。早年鬧
區中的大型電影院—「荷裏活」早已消失了，朗豪坊八樓UA
的A、B、C迷你戲院，替代了它，代表着電影院革命，在這兒
進行和完成得很早。

旺角是屬於
香港所有人，所
有階層的。年輕
人拍拖時不可能
將這一區遺忘；
愛書人在這兒買
到了自己喜歡的
書；老一輩的街
坊經過此地，會
回想他們年輕時候的故事；旺角始終在香港人心中留下親切的
印記，它不像尖沙咀那樣高檔，也不像銅鑼灣那樣富貴，旺角
熱鬧而多元化，親切而普遍，包羅萬有而特色濃郁，多年來已
形成牢固的特徵，年輕人對它有很深的情意結，每一條主要的
街，都有着強大的集體回憶作支持，不可隨意破壞和更改。旺
角一旦「消失」，對於香港（九龍）來說是不可思議的！

書店街

　　日本的東京、台灣的台北都有名聞中外，大受「書迷」歡迎的「書店街」。香港有沒有呢？有。一般讀者不知在哪兒；標準書迷卻知道在哪裏，就在九龍旺角的西洋菜南街。

　　但西洋菜街很長，究竟具體的在哪一路段呢？具體地說，就從登打士街到亞皆老街這一段的西洋菜南街，堪稱與通菜街（女人街）平行。由於行人極密，節假日人流擠得水洩不通，多時被封為行人專區。素來被一些人誤為「文化沙漠」的香港，不少書店竟設在這麼旺的黃金地段，不是令人嘖嘖稱奇嗎？

　　且慢，書店多，怪就怪只見大招牌高掛，卻不見一間開

111

在地面上的。這就是這一條「書店街」的特別之處了：書店多在「樓上」。十幾年前，因為多數書店都設在二樓，「二樓書店」居然成了一個專有名詞，專指書價有較大折扣、又比較注重專業性圖書的書店。但曾幾何時，地產好景，樓價高企，租金狂漲，本來在二樓經營了數十年的書店不得不「越開越高」，都遷到三樓以上了。有幾家開了幾十年的老書店，由於捨不得遷離開店開了很久的這一條街，不願告別一大批固定的老書迷，因此儘管租金越漲越高，寧願越搬越高（租金較便宜），而不願遷到其他地區。

暫時沒能統計這一條短短的書店街開設了多少書店。徐振邦出了一本《香港書店巡禮》，就羅列了一個表格。隨便一數這條街的書店至少七八家，時為十年前。香港回歸後，大陸圖書專門店異軍突起，進軍這條書店街。相信若有有心人去統計，這一條街至少有近二十家書店吧！雖然不能像台北的重慶南路那樣大書店林立，但如要說起香港書店的滄桑史，這些俗稱「二樓書店」的老牌書店佔有舉足輕重的地位。為何這麼說呢？事緣泰半開這種樓上書店的人士，都是對文化、圖書甚有興趣的、有理想的文化人，他們資本不大，但敬業樂業，願意為一些書迷服務，就這樣儘管經營十分艱難，但還是堅持下來，對此一行業始終不離不棄。在一些「大而全」書店開得並不少的香港，為甚麼這些小書店還能有生存的空間呢？

認真分析起來，有這麼一些與大書店不同的特點和經營手法：首先是地方小，租金較廉，注定了書種不能太齊全，不能沒有重點地甚麼都賣。因此這些書店的老闆幾乎都把書種固定化，比較偏重「文史哲圖書」。由於比較專業，經營對象和目標十分明確，反而能吸引有所需的知識分子顧客。如果說，大而全的書店甚麼都賣、進來者將它當書的超級市場、進來只是

逛逛看看而未必買書的話，那麼，進這些三樓書店的讀者泰半是真正的書迷，抱着找書的目的而來，多數是會成交的了。

其次，由於不易與大書店競爭，這些小書店一年三百六十五天都向讀者提供較大優惠，多半是按書原價打八折，有的更打七五折或七折。這在大書店是不可能的。大書店大有大的難處，租金貴開支大，一年兩度大減價已了不起。其三，這些小書店還採取「會員制」，只要每年交上會費二十元，便可享有長期的優惠。例如：台版七折，港版八折，簡體書一比一或優惠較多等等。這種會員制大大吸引了愛書人士，他們喜歡買書，也都樂於入會，令這些小書店有了一批重要的固定顧客。最值得一讚的是：這些書店雖「小」，但往往可以買到在「大」書店買不到的書。除了港版書之外，小書店入書都是直接的。他們不時派員親到台灣同業內選書，而入大陸的書，也非常「對口」。對甚麼出版社常出甚麼書十分熟悉，因此「麻雀雖小，五臟俱全」，我們不時可以在這些書店看到熱賣中的書、話題書或潮流中的書。原因就在主持人大都是文化人，他們本身有文化品味，也完全了解書市動態，並非只是在書市混混，常常一問三不知的未必愛書的「從業員」。

例如，在這一條書店街的某大廈，可以説成了「書店樓」，八樓、十樓、十一樓都是書店。其中一家，普通話教材和文史的書特多，一看就知道一定有不少教師來捧場，否則此類書不會那麼齊全。再看其他文學、歷史、語言、藝術等類圖書，也非常專門和專業，顯見一種深度，或更可稱為「偏門」「冷僻」，也不難估測必有需求者。最叫人驚奇的是，不少小書店每週都有一至兩次新書運到，保證了書店的新鮮感。

也許出諸一種默契吧！九七香港回歸之後，簡體字的圖書也開始「進軍」香港書市，本來只是在「香港書展」初試，發

現大陸圖書以書價便宜、品種繁多取勝、不乏香港讀者之後，也在旺角的書店街開設了好幾家書店。儘管大陸的書定價要再乘以一點多才是出售價，但由於和其他三樓書店的書種較少重複，也有一批讀者捧場。此類書店賣有各式各樣內地出版的暢銷刊物，其中就有《讀者》、《家庭》、《小小說選刊》等等，堪稱剛剛出爐，新鮮熱辣。

香港九龍的旺角有這麼一條集中了十數二十家書店的書店街，可說是一種奇跡。畢竟香港的商業氣息太重了，而「報攤」賣的多數是一些流行的、通俗的刊物雜誌和圖書，屬於另一種「文化」。如從這個角度去看這些小書店，心中不能不感動。不管怎麼說，賣書的行業並非一個賺大錢的行業。賣教科書能否發達我不敢說，但賣文化書就肯定難發達。旺角竟還有那麼多人經營書店，太不可思議了！（註：以上是描述多年前的情況，近年或有些變化了。）

下一站：黃埔

　　黃埔地鐵站終於在2016年10月通車了。一個本來十分旺市的地區，樓宇更加升溫；一個餐廳、茶樓、各種食肆多達五十幾間的住宅區，如今在節假日人潮更加洶湧，每間食店都有人滿之患。黃埔確實很有自己的特點，有人說到了黃埔，不像在香港，好似在外國，可能就是這一區非常重視規劃和裝飾吧！尤其是重要的節假日，如耶誕節和農曆新年，在黃埔的幾個重要商場，都有耗費巨大的美化、裝飾佈置，讓住客和遊客拍照留念。這兒是黃埔花園的十幾個大型住宅建築群的所在地，人口相當稠密，超市二十幾個收銀處，在節假日還遠遠不能滿足居民的需求，經常要排長龍。

　　跟司機説到黃埔花園，幾乎沒有一個説不知道的。尤其是當你提到黃埔的大地標——一艘停泊在陸上的「假」的大郵輪時，那省了許多口舌，連街道名也省説了。此大郵輪非常龐大壯觀，一個尖尖的船首指向維港，船尾則對着美食坊。早期這兒就是海的一部分，因此面海的樓宇價格都非常昂貴，有人形容那些具有維港海景的窗戶都是「百萬窗畫」，的確，同一個地區的樓座，價格猶如天淵之別。那些向着大海的視窗，刮颱風的日子就要承受狂風暴雨的猛烈撲打，在朗天麗日的節日夜晚，則成為最佳的看煙花匯演的看臺。那時候，紅磡碼頭就常常成為居民們爭先恐後看煙花的集中地，一些夜遊輪也喜歡在此靠岸，讓外地遊客和香港本地居民上船，載他們到接近灣仔會展中心放煙花的海面中心地帶欣賞美麗的節日煙花夜晚。

　　黃埔地鐵站經過多年的施工、趕工，終於通車了。改變了重要大型屋村居然多年沒有地鐵交通配套的、不正常的情況。往常，這兒的白領階層要到中環一帶上班，如果要乘地鐵，都必須先乘大巴或小巴，然後在佐敦或尖沙咀接駁上地鐵，那是夠麻煩的。以前灣仔紅磡的往還有渡海小輪可搭，自從取消之後，造成上班族的諸多麻煩。如今，黃埔地鐵通車了，人們又擔心紅磡北角渡輪航線被取消，那就意味着有百餘年歷史的維港海上交通在港九某一地區的終結，那是非常可惜的。沒有可供懷舊的街道、建築物、交通工具和其他物件的城市，那是多麼淺薄的城市？一個城市之所以值得我們懷念，那是因為存在着大多數居民所共有的歷史記憶，有太多與我們生活息息相關的東西。現代和保育共存，才體現一個城市決策者的胸襟、寬容和智慧。

　　黃埔，通車了。一個地區，如今有地鐵延伸到了，就方便很多。對於上班族來説，也多了一條交通選擇。如果是一個不

錯的，有代表性的區域，就更加值得一走，像黃埔這樣的大型住宅區，甚麼設施都較為齊全地具備，其實不妨作為旅行團讓外地遊客瞭解香港中層階層住屋文化的一個特殊景點，放手給乘客在此進行約兩個小時的自由活動。我設想了三大理由，那也是根據旅行團導遊安排團友自由活動的一般選擇原則，主要是：

風景絕佳。遊客自由活動的地方一般風景都有可攝性，山水、海景、沙灘、市集、建築物、寺廟、橋樑、某個古跡等等，黃埔恰恰在海景方面擁有絕對優勢。從尖沙咀星光大道延伸到海逸建築樓群的海濱大道非常長而寬，分為尖沙咀地段和紅磡地段兩大截，其中間經過紅磡碼頭和君綽海逸酒店，平時在懶洋洋的午後就有不少釣魚客在海邊釣魚，也有不少健身人士在這兒跑步健身，養狗的夫人或女傭在此遛狗。在海濱大道任何一個地段，隨便那樣一站，背景就是港島全景，就是不折不扣的無敵海景。讓遊客在這兒拍照，非常地有香港特色，一看那維港，看港島海岸的摩天大廈，馬上就嗅出香港味道了。在這兒拍照的好處，不必和其他團友爭先恐後，不必人擠人；在人多的地方取景不易，又未必拍攝出最好的效果。這裏的海景，完全不遜色于尖沙咀觀景長廊那種全景式海港大背景。還有就是黃埔著名的大地標——那艘陸上的大郵輪——黃埔號。單是那雄偉龐大的造型就獨步港九，傲視同群，標誌着香港住宅文化的現代化，當然遠勝於一些歷史太淺的、小家子氣的甚麼紀念石刻之類了。

其次是購物方便。一個城市，最吸引人的地方就是商場、市集、街市、步行道等這些供給遊客買東西的地方。人有富貧，物有貴廉，黃埔區密集着幾個大商場，幾家大超市，從吃的到用的到穿的，可謂甚麼都有，凡是你想到的，這兒都有，

你沒想到的，這兒也往往會有。尤其是一些名牌，走的是漸漸大眾化的路線，價格沒有那樣昂，架子面目也沒有那麼冷。填海區是新區，以黃埔花園大型屋村為主要建築，地鐵是C、D出口；舊區就是歷史悠久的蕪湖街一帶，地鐵是A、B出口。舊區有不少小店鋪，也有一座香火鼎盛的觀音廟。

最後就是到處美食的優勢了。根據黃埔有關部門印發的飲食分類索引，這兒的各種食肆至少在五十餘間以上，包括了價格經濟的大眾化的速食店、茶樓、歐美式的西餐、東南亞各國特色美食、臺灣美食、香港式茶餐廳，環境都頗為舒適而很有特點。有餐廳林立集中的美食坊，供顧客任意選擇。

可歎的是現在港內外的一些旅遊業，不顧團友的反感，依然以強迫遊客購物的方式賺取傭金，彌補偏低廉的收費，而不願意改變那種惡性循環。許多地方其實是不需要去的，也有不少地方是遊客不喜歡去的。像黃埔這樣的香港住宅文化代表作，不是可以開放讓他們領略一下嗎？

旅遊的下一站，到黃埔去吧！

吃在黃埔

　　香港九龍黃埔花園地處紅磡區，距離紅磡火車站不遠。尖沙咀海濱大道連接着紅磡的黃埔花園和尖沙咀的海濱，兩區面對着世界獨一無二的維多利亞海景，因此海外遊客如果得閒來這兩區遊覽，除了可以拍到香港最美的海景，抓住了香港的主要特色外，還可以欣賞到不少美食——吃在黃埔，是近年的熱門話題。

　　尖沙咀以幾何圖形稱著的香港文化中心和歷史悠久的鐘樓為新舊地標，而紅磡黃埔花園以「陸上巨輪」——黃埔號為地標，只要講出這些標誌，沒有的士司機不認識的。但許多人不知道，黃埔花園更是美食天堂。有關部門統計，大大小小的

餐廳、酒食肆、咖啡店竟然多達52家！這樣多的美食店，縱然在一些出名的商場食街，也是找不到的，更妄說一般屋邨。主要原因，看來不外是：黃埔花園屬於李氏長江實業開發的，以專門接待世界政要、總統稱著的海逸君綽酒店就在黃埔花園區內；大大小小的樓座起碼超過一百多座，人口密集，一到節假日，人，就像從地下鑽出來似的，密密麻麻；中心地帶黃埔號一側和時尚坊商場還經常有表演活動，吸引着居民們；其次，此地區住的基本上都屬於中產人士，經濟能力、收入水平都還可以，百分之六十家庭都僱有印尼或菲律賓女傭。另外兩座海濱廣場集中了不少打工的白領階層，商店、商場密集，沒有相當數量的食肆根本適應不了客觀形勢的需要。超過五十家的食肆也就不奇怪了。

　　黃埔花園以前是填海區，到目前還以大郵輪作為標誌。郵輪地下是規模巨大的Aeon超市，除了郵輪上檔次較高的中式酒樓「陶源酒家」外，其他五十幾間各式餐廳都分佈在周圍的大商場和屋邨底層。例如比較出名的有：時尚坊、聚寶坊、棕櫚苑商場、百合苑商場、奇妙坊、家居庭等，而最密集的是接近黃埔巴士總站的「黃埔美食坊」。有幾家迷你電影院設在這裏，以往幾年，這個美食坊還以寫了不少美食文章的專家蔡瀾作為「代言人」。

　　大概管理階層也發現了黃埔集中了各國各式美食，近期設計了一本精美的美食小冊子《真味》，將五十幾間美食分門別類，而且以較為精煉的文字描述和概括各個食肆的特色。黃埔花園的美食分為中式佳餚、日本和食、西式美饌、亞洲風情、港式美食、輕便美食。比較出名的中式酒樓有陶源酒家、詠藜園、左麟右李、喜悅軒、王家沙、鳳城、美心、名粵軒等，日本和食勢力也夠強，似乎不讓中式酒家專美，大概也有十家，

即和民、元气壽司、和光鐵板燒、DOMON札幌拉麵、板長壽司、MISOCOOL、孝勢、牛涮鍋、牛角日本燒肉專門店、吉野家。西式食肆除了必勝客、意粉屋外，主要是咖啡店；東南亞食肆主要是泰國的、越南的餐廳，快餐店、點心店主要是那些連鎖店，基本上一應俱全，如大家樂、美心MX、麥當勞、DASGUTE、肯德基、許留山等；港式美食有匯麵一九五零、太興、魚米、海皇粥店、祥榮餐廳、中華餐廳小廚等。可以說，黃埔花園集中了一些吃的名牌和連鎖店。既有傳統的中華美食，也有充滿異國風情的「異味」，還有日本的各種特色，更有深受香港大眾歡迎的、富有香港特色的茶餐廳、點心小店。在節假日，幾乎每一家食店都爆滿，都有人滿之患。那麼多不同的食物供選擇，可以說在香港其他同類的大型屋村中也難於匹敵。近日在油塘灣開張的大型「食」街，也不過三十幾家食肆而已。由於檔次有高低，口味有不同，價格分貴廉，因此這兒許多人士未必樂於進廚房自己煮食，費去太多時間精力，他們寧願到外面一家一家地輪着吃。

有幾家餐廳很有特點。例如吉野家，主要就是賣那幾樣很簡單的雞飯、牛肉飯而已，中午晚上飯價都要二十幾到四十幾元，可是下午六點前的「下午茶」，雞飯、牛飯居然只賣二十餘元一盒，實在太超值。那些服務員的快速工作效率也實在非常驚人，當食客拿着單據、走到一側，檢查收銀員打出來的單據有沒有錯時，盒飯已經裝好，讓你帶回。這麼超快的工作效率可以說在區內任何一家快餐店都無法做到。原來異軍突起的「魚米」，其設計很有心思，居然模仿了西洋經典名畫（魚頭魚尾相銜）作為牆上的圖案，給人以舒服、清心的感覺，招牌美食是鯪魚球肉丸湯米粉，很受歡迎。顧客要求多湯多蔥，都不妨，廚房極通人情，可惜最後停止營業。還有一家

「匯麵一九五零」，非常特別，他們進行了「餐廳革命」，提早進入「食的電腦時代」，沒有服務員，也沒有收銀員，只有廚師和宣傳員。每一張檯面都設置了一部電腦，畫面上出現食物圖畫，想吃甚麼就用手指點擊，簡明易學，最後用八達通拍打付款。萬一學不會，廚師或宣傳員就會發現，並很快就跑過來，熱情地教你。也很可惜，關了門。「和民」是日本傳統的食肆，食物花樣比較豐富，在內服務的儘管是香港青年男女，在食客點菜時，他們一律要跪着記錄。位於陸上「黃埔號」巨輪上的陶源酒家，以高檔聞名，也因位置得天獨厚，可以居高臨下俯瞰黃埔花園全景，如是在夜裏，餐罷，不妨到甲板上吹吹風，或更上一層樓，爬到高處，一邊遙望對岸香港燦爛的夜景，一邊閒聊，肯定是一件很愉快的事情。還有一家煌府一號郵輪茶樓，環境很美。

黃埔的美食，作為專題被宣傳還未見得太多。我們相信，隨着地鐵的開通，黃埔會有更多香港人和遊客湧來，像在海港城買名牌手袋一樣，專程來到黃埔花園品嘗美食；我們也相信，會有更多的美食兼企業家來到發展中的黃埔大展拳腳，向美食領域開拓，令更多的海外遊客聞風而動，趕來消費。

尋尋覓覓喝咖啡

　　香港不是一個適合喝咖啡的地方。香港的咖啡文化遠不如香港式的奶茶。

　　許多人移民他鄉之後，會懷念港式的香濃奶茶，但很快會忘卻咖啡。香港沒有如同法國、意大利等歐洲一些城市那樣大街小巷，甚至馬路轉角都是一家小小咖啡館的情形，也少見如同東南亞的馬來亞、印尼那樣，鄉鎮隨處可見路邊的食攤，叫上一杯熱氣騰騰的「咖啡烏」就足以消磨大半日時光。情調截然不同。但香港的確又是一個隨處可以喝咖啡的現代大城市。一百多年來的英國殖民管治歷史，西風東漸，帶來西方飲咖啡的風格情調：那種賣些蛋糕、專售幾種牌子、門面不大、設座

123

優雅、不時還將一些桌椅擺在門外空地的、店名全英文的咖啡店，不僅迄今還有，而且越開越多，捧場客除了住在香港的洋人外，還有非常西化的香港高薪白領。但香港的茶餐廳、快餐店、街市、商場、酒店、東南亞餐廳、數目已不多的大牌檔等等，不讓那類西式咖啡店專美，也都可以飲到咖啡。原來，香港那種中西夾雜的文化，也影響到飲咖啡的文化。説得難聽一點，到處可以喝到咖啡，但缺乏了一個城市的整體特徵和風格；説得正面一點，就是甚麼樣的咖啡都有，顯示了香港對各種飲食文化的包容性。一杯咖啡的價格從七八元到五六十元貴廉不等、奢儉由人，可能是其他城市所沒有的。不像改革開放前的中國大陸一些城市，喝一杯咖啡不容易，壓根兒就沒有喝咖啡習慣。現在好些了，南方一些城市，喝一杯咖啡，可能端出來的是罐裝的咖啡；內地如鄭州這樣的城市，要豆漿？有。咖啡？對不起，沒有。香港喝咖啡的容易和普遍，也許正是因她是特區的優勢之一吧！

被香港人引以為傲、正向聯合國「申遺」的茶餐廳，喝奶茶，那是一流的：厚厚瓷質大矮杯下面還有一個瓷碟盛着，小湯匙就放在碟上。杯內的奶茶又香又濃。他們用的淡奶是特別的，紅茶也用特別種類牌子的，且以絲襪沖製。精彩就在此。你想依樣畫葫蘆？如果不懂其中奧妙，一定會走樣。但説到咖啡，實在不怎麼樣了。大部分茶餐廳用的都是雀巢牌咖啡。化學滲加劑的介入，加上淡奶的混融，早就大大沖淡了原汁原味的咖啡味道。因此，進茶餐廳，喝奶茶好過喝咖啡。香港人的一大發明就產生在茶餐廳，將奶茶和咖啡混合，炮製出「鴛鴦」的新品種。當然，在香港茶餐廳喝咖啡，只要不太講究咖啡的成色，不失為一種選擇。畢竟茶餐廳的下午點心品種豐富可選，甚麼蛋撻、油多、三文治、菠蘿油等等，都富有香港特

色。如果純飲咖啡，價格僅是12元到15元港幣。

街市主要賣魚肉果蔬，但也往往設熟食檔。各區衛生條件不同，骯髒邋遢或清潔乾淨就有別，新舊設計也就令人有不爽或舒服的相異感受。這類大眾化的場合，雖屬比較低檔，少見達官貴人、西裝筆挺的人涉足，但好在沒有甚麼拘束。老闆娘樸素親切，如果是地方夠寬敞，又遇食客稀少的下午，你走進這樣的街市熟食檔，要在這兒開工寫稿、計算月來的盈虧，都沒人理你。這類街市在市區，新界新舊區都有，有的設在樓上，有的就開在地面，自成另類的情調。尤其是晨早食客爆滿時分，成了一道香港下層眾生相的絕佳風景。多年前，咖啡價格，有的地區僅賞十一、十二元一杯，自然只是「雀巢」奉客。

快餐店除麥當奴之外，有幾個大集團旗下的快餐連鎖店，也賣咖啡。大約是十二至十五元左右。在下午二時至五時的時段，咖啡優惠食客，打個五折或六折，賣五六元一杯。自然，進這種店買一份下午套餐僅二十餘元，最為合算。也難怪一到下午，快餐店總是人頭湧湧，座無虛席。長者們不少就在等吃下午茶，遠比中午正餐便宜很多。快餐店的咖啡，除了麥當奴堅持自己的產品之外，全在多年前進行了「大革命」。他們不再賣那種以「雀巢」為最有代表性的咖啡，全都改成了「現磨咖啡」。這類咖啡，自成一味，和南洋的粗咖啡也完全不同，有的朋友喝不慣，但已為香港普羅大眾所接受了。而奶茶稍遜於茶餐廳，捧場客卻不少。

在香港要喝貴咖啡，也有，那要到至少三、四星級酒店的咖啡閣去喝了。精緻的餐牌上標明「普通咖啡」和意大利、法國……等等不同國家、不同牌子的咖啡。從二十幾元到五十幾元的價格不等，端上來時，奶茶的紅茶用壺裝，與奶分開，茶

不足還可加水；但咖啡或用小瓷杯盛或以細高玻璃杯裝，同樣糖包、牛奶與咖啡分開。咖啡的碟上還配上一塊小西餅。你要明白到在這種地方喝咖啡完全是「喝情調」，享受柔軟的沙發或舒適的雅座，享受談話時完全聽不到車聲人喧的寧靜，享受與對方交流的百分之二百的超高效率。因此也就不必嫌其咖啡量太少，甚或呷幾口就見底了。此類高檔的場所，他們計算咖啡價格時，場地的成本顯然大於咖啡本身好幾倍。

再說飛機場內四處開花的咖啡座，價格平均二十幾元，售的多是某種名牌咖啡；一般坐上去的人，不會講究那味道。為的只是距登機仍有好長時間，在此坐坐，時間會很快消磨和揮霍掉。近年，在許多新落成的現代化商場內，在中心位置也被人租下開咖啡座。我嫌其太嘈雜，如果讓我選擇，我還是喜歡在元朗、粉嶺這些老區，選一家四圍清靜、歷史悠久的小家茶餐廳，叫一杯齋啡，坐在大理石冰涼枱面的一側，一邊聽頭頂上老爺電風扇轉動的聲響，一邊回憶往事，一邊呷咖啡，時光，一定會倒流到已逝的歲月，令自己情不自已，淚流滿面吧……

消失中的大牌檔

　　甚麼是「大牌檔」？究竟是「大牌檔」還是「大排檔」呢？如果翻查香港大機構編纂的一些大型詞典，都註明「大牌檔」和「大排檔」相通，兩種寫法都算對。但一些研究香港本土文化和語言的專家指出，應以「大牌檔」為準。當年香港政府發牌，有大牌和小牌之分，大牌經營的範圍較廣。但也有人說，當時這類街邊熟食檔的牌照，比一般牌照大，因而叫着「大牌檔」。

　　那「大牌檔」的定義呢？大牌檔屬於香港本土富有特色的飲食文化。一般指在馬路邊、街頭橫巷經營的露天或半露天的飲食攤檔，其經營的時間大抵從早餐至深夜，所售食品多元

化，從牛奶、奶茶咖啡、粥麵粉飯，炒菜蒸點心，甚麼都有。香港大牌檔的黃金時代從上世紀四十年代起始，經歷了五十、六十、七十年代的繁榮，進入八十、九十年代，已趨向衰落。事緣從1973年開始，政府決定停止簽發新的牌照，令大牌檔有減無增。從網上以及好幾本有關香港資料的書得知，全香港目前只剩下29家大牌檔。即中西區10家，灣仔4家，深水涉14家、大澳1家。說一句「香港的大牌檔在消失中！」一點也沒錯！

　　香港女作家周淑屏有感於此，於2006年出版了一本《大牌檔‧當鋪‧涼茶舖》，獲得香港公共圖書館舉辦的中文文學創作雙年獎。其中有一篇《遺留在大牌檔的雨傘》，就用一把雨傘找主人的故事，巧妙地將大牌檔的源起、演變、裏裏外外，方方面面說得有聲有色，對香港的大牌檔歷史和內涵作了深入準確的解讀。須知香港文學中以大牌檔為背景的作品並不太多，因此本書對於瞭解香港大牌檔的特色無疑彌足珍貴。周淑屏提到：牛角風扇、摺檯、綠色布篷、火水爐、電燈泡照明等等，構成了香港大牌檔的特色。有時，此類大牌檔，還連着一家有冷氣的茶餐廳，將大牌檔分成室內和室外兩部份，喜歡嘆冷氣的就可以進到茶餐廳。這樣一來，茶餐廳和大牌檔這香港地兩大富有本土色彩的香港飲食文化遺產，就奇妙地「聯手」起來待客了。香港的大牌檔近乎半個世紀的歷史，令香港人感到親切。除了西裝筆挺的「有身份」人士不會在此種場合宴客之外，幫襯大牌檔的幾乎甚麼階層的人都有，從寫字樓的文員、小姐、店員，乃至汽車司機、販夫走卒者流、街坊鄰裏、師奶……無不和香港的大牌檔息息相關。長達五十年的存在，自然而然形成了一種文化。由於富有特色，加上買少見少，不少學校的老師組織學生去到某區大牌檔「體驗生活」，然後寫

成諸如《大牌檔的眾生相》一類的作業。一方面作為寫作實習，另一方面也為行將消失的行業留存一點富有參考價值的珍貴資料。當然，它的存在，也成為了香港人的共同記憶，它常常出現在某些作家筆下，他們無不為它的即將消失而大感惋惜。

香港大牌檔本來分佈很廣，在港九各區都有。在其全盛時期，連廟街這樣的旺地，也都有爐火盛旺的大牌檔，露天的桌椅擺滿街頭巷尾，食客爆滿，人聲喧嘩。但如今這樣的盛況已不在！中環的大牌檔在六十至八十年代，也有過一番極為熱鬧的景象，當時還未建好地鐵；中環的摩天巨廈密集，從事金融、商業的打工白領，苦於中環的酒樓太有限，快餐廳的數量又未能滿足白領們中午裝飽肚子的巨大人流，於是處於大廈與大廈之間夾縫的巷子裏的大牌檔，就成為他們中午「加油」的最佳去處。由於中午人多，地方又有限，於是一張小圓檯密密麻麻地坐滿六七個人完全正常，形成一種奇觀。此類大牌檔，比較小型，只賣奶茶、咖啡、三文治、油多、魚蛋麵、牛雜河之類，沒有其他。寫字樓文員不求吃得高檔和舒適，只望胡亂塞些食物入肚，下午有氣力繼續工作就可以了。但這樣的城市特景，隨着中區建築物的聳立和更新，已幾乎絕跡了，上環仍有幾家，但大牌檔在中區的鼎盛時期已成了舊日香港的一頁。

香港大牌檔並非甚麼世界獨一無二的事物，在外地其實就是所謂「街邊小吃」，只不過香港大牌檔自有其獨特情調和風味而已。大牌檔通常都不怎麼衛生，火水爐不遠就是洗碗女工的洗碗處，污水流滿一地；但食客都不計較。喜歡那巨型的牛角風扇的轉動和吹拂，喜歡老闆娘的親切，喜歡一切都是現炒現賣，食物熱辣辣的，喜歡它的隨意和廉宜。當然更受歡迎的是，當年，有不少大牌檔開到淩晨一兩點才收檔。午夜肚子餓

了，相約到附近大牌檔「宵夜」，或炒個甚麼的打包帶回家，邊看世界盃，邊宵夜，都不失為賞心悅目的美事。但自從大牌檔愈來愈少，這樣的情調已成了絕響。在過去大牌檔集中的地方，那種爐火旺旺，鍋內菜心被拋得一米高、翻幾翻的情景，亦不復再見矣。

　　香港大牌檔屬於「街頭文化」，是香港值得保存下來的飲食文化，它富有香港特色，形成大都會裏的一道風景；它像是高度商業化和現代化城市的另一幅人情圖畫，使城市不致那麼單調。可惜，早期政府不那麼留意保育，對大牌檔採取了不發展，任其自生自滅的政策，以致大牌檔目前已瀕臨式微。今日的大牌檔已蛻變、演化為商場內的「食街」——集中數十個食肆，賣着不同的食品或餐式；桌椅一大片是共用的。這已是另類了的，換了殼的大食匯，不是具嚴格意義的大牌檔了。

香港快餐店勝在
「快」

　　如果說較大地影響着香港人日常三餐的飲食系統，可以
以茶餐廳、大酒樓和快餐店為代表，構成三大系統。這當中以
茶餐廳最具香港本土特色，又以大酒樓的「飲茶文化」最與
香港居民的日常生活息息相關，而以快餐店文化最貼近香港
這國際大都會人們生活和工作的快速節奏。三大飲食系統都代
表着不同的文化內涵，例如：茶餐廳含着一種懷舊氣息，裏面
不少點心和飲料發明，老香港常引以為傲，加上它的規模不論
大小，設備繁簡皆宜，體現着旺盛的生命力，不像大茶樓，非

131

大而全不可，生存和都市政治經濟大環境很有關係，招牌固然是老的好，但有時候卻是「你剛唱罷我登場」，老闆一如老牌子一樣如走馬燈不斷轉換。2003年沙士肆虐，港九大酒樓因門可羅雀，就倒閉了好幾間。而快餐店走進香港人的生活則是以「快」取勝，它以連鎖店形式經營，其中兩家還是美國品牌（家鄉雞和麥當奴）。當然，這兩類快餐店因為售賣的食物比較單一，不能和最具代表的「大家樂」和「大快活」相匹敵。這後兩者隨着香港的城建和商場的漸多，大有越開越多的趨勢。尤其是它在新界一些現代化商場內開設的比例越來越大，好像「配套」一般。其中一家的招牌，黃底紅字，色彩對比強烈，成為香港重要「地標」之一了。

如果我們從座位、桌椅看上述三大系統的區別，也非常有趣：大酒樓的桌檯是大圓檯，茶餐廳是卡位加小圓檯，快餐店基本上是四人長形檯，有時是長形檯一列排開。可否理解為中式、家庭混合式和西式？近年，兩大快餐店不斷裝修，不斷將形象美化，也不斷增加食物的新品種，以達到吸引更多食客的目的。

在大酒樓林立、茶餐廳開滿大街小巷的競爭之下，快餐店為甚麼依然能吸引那麼多的白領階層和一般家庭的大小？首先是「快」。在寫字樓密集的地區或鬧區，一到中午十二時半至一時半便是食客的高峰期。茶餐廳和大酒樓未必有位置，縱然有位置，等您吃到飯也要不短時間；但在快餐店，你雖然要排兩次隊，第一次排隊購票，第二次排隊取食物，別看是長長一條龍，卻因廚房的流水作業速度非常快，保證你趕得及在規定的時間內吃完回到寫字樓。

其次，快餐店的服務態度良好。在三大系統中，你一走進去，服務員那句「歡迎光臨！」喊得比大酒樓的服務員更大

聲。年紀偏大的女服務員有的三、五十歲不等，她們的親切遠
勝大型茶餐廳的小伙子，雖不必為你寫單，但除收拾碗筷抹淨
檯面外，有時你有需要時還幫你端食物、拿杯白水或找座位，
態度謙和，總之是「顧客至上」！

　　第三，中西合璧。單一的食物，除非真的很有特色，否
則很難經營。香港的茶餐廳、大酒樓和快餐店之所以誰也淘汰
不了誰，正是因為大家都走向多元化的緣故。讓我們看其中一
「大」（快餐店）從早餐到晚餐的變化吧！早餐，如只是雙蛋
香腸咖啡之類，未免太西化了吧？不時就見到皮蛋瘦肉粥和蘿
蔔糕、菜肉包之類的中式點心；中午餐，除了甚麼咖哩牛腩
飯、咖哩魚飯、粟米肉粒飯、免治牛肉飯、八寶豆腐飯、麻婆
豆腐飯、黑椒雞扒飯、黑椒牛扒飯等這些中西摻雜的飯式外，
也早出現了「臘味」系列：叉燒飯、鵝飯、油雞飯、燒肉飯等
等一應俱全，等於也搶做了燒臘舖的生意，擴大了客源。最妙
的是兩點開始至下午五點的下午茶，也常有人滿之患。原來，
下午茶多數是雞翼、炒麵、西多士加榨菜米粉湯、各式飲料等
類；其他還有奶油烘麵包、沙律、魚柳、香腸等等。到了晚
上，飯賣得比較貴了，一碟鹹魚雞粒飯或粟米滑蛋飯或乾炒牛
河都要卅元以上，也出現一些「兩菜一湯一茶」模式的套餐，
約四十元至五十元不等。最妙的是你既可以吃日式的各種鐵板
燒，也可以吃中國北方的一款又一款大火鍋了！大火鍋的出現
可以說是快餐店帶有里程碑式的大革命，顯見它們也要做一點
大酒樓才做的生意。他們想證明：吃火鍋的未必是大圓怡，也
可以是小小長形檯！火鍋可以不必那麼大，也可以小型一點，
適合夫婦倆或小家庭三、四人口食用。快餐店對中式的火鍋，
從大火鍋變小鍋，真正實行了悄悄的改良。事實證明，改良得
很成功，受到食客的歡迎。夜晚，從外面走過，你可以看到爐

133

火旺旺，煙霧瀰漫，人頭湧湧，還以為是甚麼酒樓哩！抬頭一看，竟是掛的「大××」的招牌！

第四，大部份快餐店，衛生搞得不錯，乾淨而明亮。這一點很重要，如果不在黃金時段，客人不爆滿時，它成了不錯的看報、談天和做功課、寫稿之處。服務員從不會出口趕客，與茶餐廳不同。但在一些鬧區，快餐店嘈雜得如街市，只適合一餐過就離去。不過，在新界很多大商場的快餐店，人客少時，一眼望去，那些白雪雪、明亮亮的檯面就非常吸引人，走累了進去坐一會歇歇，服務員也會以禮相待，一張笑容迎上來，再來一句：「歡迎光臨！」叫人十分受落！最可惜的是快餐店以肉食為主，肉多菜少，對膽固醇指數高的食客健康不利，遲早要改善！一旦改善它會更受年紀大的食客歡迎。

中華廚藝名滿天下

　　偶然讀報，讀到報道「中華廚藝學院」的新聞，寫了幾句表示欣賞的文字，竟獲該院公關經理任真真小姐的邀約，參觀採訪這家全港唯一的、發揚中華食文化、培養中華廚藝人才的專科學院。抵達之前，還以為是市裏坊間常見的甚麼「烹飪班」的擴大而已，已做好失望的心理準備。到了才知是政府機構「職業訓練局」屬下的技藝學校，和歷史已長達二十幾年的「旅遊服務業培訓發展中心」同址於香港薄扶林道145號薄扶林訓練中心綜合大樓。巴士在此有一個站，地圖上將「中華廚藝學院」標示得很清楚。我們抵達之後，已見任經理在院門口恭候，五六位學員站成兩排夾道歡迎。甚麼時候政府部門變得

這麼富有人情味？而最叫我生起感觸的是，像「中華廚藝學院」這樣的寶貝，理應多多宣傳和介紹才是。它培養出來的人才就業率高達100%，不但很了不起，而且說明了很多問題：除「行行出狀元」外，也說明中華食文化是人類重要的文化遺產之一，中華廚藝是一種傳承下來的國技。在金融海嘯、人心低沉、失落的日子裏，不啻給筆者相當深刻的啟發。當我們吃到一道好菜，勿忘「台前十分鐘，台後十年功」；有志於獻身「中華食文化」事業者，沒有太高深的學歷，一樣可成為「大師」，大顯身手，為大眾服務。

任小姐慢慢引領我們將「中華廚藝學院」重要部分走一遍。一邊走一邊詳加介紹。嶄新的樓宇設計得美輪美奐，讓人印象最深的是一堵淺紅色的牆嵌上了大大小小的算盤，排列成圖案，甚具藝術氣氛；學院附屬會所餐廳外面，更是擺滿各種雅致悅目的裝飾，與身穿綠色制服的學員互相輝映。海內外有關代表團、香港政府官員不時來此參觀。看來學院相當重視照片資料的記錄和積累，就在公關任小姐陪同我們參觀時，學院攝影師就全程攝影，令我們感到受着高尚的禮待和尊重。

香港一向以設計聞名於世，廚藝學院的設計堪稱國際一流，不但舒適寬敞，烹調器具一應俱全，最妙的是還有可按人體高度調校的升降灶台。所有的廚房都很大，按粵、滬、川等不同菜系設置廚房。我們參觀當兒，就看到在一間大廚房裏，導師在為學員授課。頭戴長高白帽、一身白袍的學員戴着口罩在實習。他們有一大部份時間都要在廚房裏實習和訓練。學院還有有關營養和衛生的專室；而會所的餐廳雖非每天都開放，只在週一至週五的午餐和週五的晚餐對會員開放，然一切照足宴會的服務、擺設和程序，這也成了學員實習、受培訓的地方。他們均運用英語和普通話與食客交流，禁用粵語，以適應

國際大場面的需求。

　　為了讓我們了解該院學員「學以致用」的成績，學院黃偉中總監請我們進會所餐廳試嘗十道美點：玉竹紅棗燉烏雞、水晶鮮蝦餃、海鮮腐皮卷、花素蒸餃、涼拌海帶拼水晶餚肉、風沙金龍帶子、豆酥銀鱈魚、菌菰扒海參、菜粒蛋白炒飯和千層糕。每一種菜餚或美點雖然量都不算多，但都製作得精緻美雅，味道美、色澤鮮，講究其色香味，尤其花心思的是十道菜就用了十種形狀款式顏色不同的盤碟盛着，十足將「廚」當「藝」。除大感作為一個作家受到尊重，每一碟美食都好似在向你致敬外，還感到學院對中華廚藝這國寶的最大尊重。這是大半日參觀「中華廚藝學院」所感受到的、他們所堅持和發揚的最大精神。

　　「中華廚藝學院」雖是香港特區政府在2000年建設的工程之一，但已制度化且走上正軌。設施優良，提供了極為優質的中廚訓練課程。目前採取的是重複式收生法，即沒有規定的所謂「開學期」或報名日，平均每年提供約1200個全日制及部份時間制培訓學額予有興趣在這方面發展的人士，學院在學員畢業時還會提供就業轉介服務。「入院」取決於面試時的被錄取與否。要求的學歷大致是：初級中廚師入院就讀的資格須中三或以上程度、年滿十五歲者或中五或以上程度、年滿十六歲者，通過面試而合格，前者可入讀第一階別，需時三年完成課程；後者則直接入讀第二階別，約兩年完成課程。這些課程的上課時間由星期一至星期五上午八九點至下午四五點。初級中廚師之外，還有中級、高級、大師級中廚師的課程。中級中廚師需於取得初級中廚師資格後累積不少於一年的工作經驗或現職業內人士具備不少於六年實際經驗，如此等等。不同級別的課程入讀都相應地有不同的要求。除了課程，學院還設置了初

級、中級、高級的「中廚師技能測試」，主要為考取雙證而設。

由於學院分為全日制課程和部份時間制課程，除培養廚師外也有諸如「中華健康美食及營養課程」的其他專門課程，中華廚藝學院成為了弘揚中華廚藝、美食文化的重要機構。尤其美妙的是還有為你度身訂造的四小時獨有課程、名為「繽紛入廚樂」，收費僅620元，卻可學到一些廚藝，享用豐富午餐及獲頒證書和紀念品。另一「廚藝興趣班」則為鑽研美食人士而設，暑期歡迎舉家參加。

大半天的參觀訪問、美食親嘗，加上公關任小姐親切熱情的詳細介紹，令人有一種賓至如歸的感受。這麼優良的學院設施，這麼崇高的辦學使命，讓人感到做中國人真好。正因為我們中華民族的美食文化如此博大精深，這樣的學院才有條件存在。黃總監說，我們應該辦得更加文化，讓學員多讀些書；任公關說，學院也常舉行烹飪大賽，非常熱鬧，遇到此類盛會，會再邀約我們來開開眼界。

中華廚藝是國技，出現過不知多少名廚。這麼一個培養人才的地方，應該多加宣傳，讓有志入行的人實現自己的理想，把我們中華美食文化、中菜廚藝傳遍世界，傳給我們的下一代。

「得閒飲茶」

　　「得閒飲茶」是香港頗為流行的口頭禪，理解為「有空見見面」最好，大可不必認真；有一位香港流行小說作家到馬來西亞跟她的一位「粉絲」說了此話，這位粉絲信以為真，來港時打電話給心儀的偶像，豈料作家問她是誰？以「忙」為由拒絕了。可見「得閒飲茶」在某些人心目中只是一種不加思索、脫口而出的應酬話而已，作不得準。

　　當然，話也不能絕對地說。「得閒飲茶」一語在香港使用率很高，正反映着香港飲茶文化之盛行和濃厚。飲茶，已融入香港市民的生活中，成為具有香港特色的香港飲食文化的組成部分。專家考究起來，飲茶文化必然不是發源於香港，

京、滬、粵等地早就出現過茶樓，但困難時期、十年動亂令一切秩序搞亂，妄論「飲茶」此類聽起來仿佛小資情調很濃的事情了。就在各種美食都來香港一爭天下的漫長歲月裏，香港的飲茶文化一路發展，形成了自己非常獨特的特色，影響着南粵大小城鎮。今日，假如一位香港道地市民到廣州、深圳酒樓飲茶，恐怕不會覺得其製作和供應的點心與香港有太大的區別了。事緣，內地酒樓內有些大師傅，正是從香港聘請的。

香港的茶樓一般都以「酒樓」稱之，在港九主要的區域都可見到，數量極多。午膳時分，特別是在節假日大都人頭湧湧，生意火旺。經營不善而倒閉的酒樓，欠下員工一屁股薪酬的勞工糾紛，報上時有所聞；但一雞死，一雞鳴，總是見到新老闆接手，又開張起來了。多間酒樓在相近的時間先後關門的，唯有在「沙士」肆虐時期，也成了街坊的集體回憶！香港的茶市營業一直到下午三、四點，晚上變身為名副其實的酒樓、甚至成為新人擺婚宴的場所。「利用率」很高的酒樓，開市極早，分為幾個時段，點心價格也有很大差異。上午七、八時到十時為「早茶」，二時至四時為「下午茶」，黃金時段就在十時後至兩時前，在這時段飲茶無甚折扣，早茶和下午茶在規定時間前埋單則有優惠價格，相當於打了個七八折吧！可以說，物美價廉、點心富有特色的酒樓都會受到茶客的歡迎，酒樓因此常常爆滿。尤其是在一些市中心、寫字樓集中區、住宅區的酒樓，在黃金時段外面總是坐滿等候的人，要登記領籌，有的酒樓還採用了電腦叫號哩。

有人說飲茶所吃的點心都不太健康，大都是高油脂、高卡路里的食物，也許正因如此，才配以茶、用以消脂。一壺茶，一壺水；動筷前先洗洗碗碟筷子；茶斟完將蓋擱在壺上沿，服務員便會給加水；別人為你倒茶，你要用食指中指敲點枱面表

示感謝……香港人飲茶完全有一套禮儀。入鄉隨俗，不可不知。也因為有那麼一壺茶，進入酒樓和進入快餐廳、茶餐廳吃飯節奏完全不同。後者各自買了或叫了餐，吃完，服務員迅速收拾，食客不離座埋單都有幾分尷尬；但在酒樓飲茶，不必有此類擔心。你可慢慢地享用，挾一件點心，呷一口茶，甚至，讀一段小新聞，掃一下報紙大標題都沒問題，一般有事商談的生意人、朋友之間也就喜歡進茶樓，原因就是因為時間不太受限制。茶可以不斷加水，點心吃完了仍可以再叫。

　　走遍亞洲大部分國家再回到香港，才深深發現香港真好，不愧為美食天堂。一間茶樓的點心花樣，就足以叫人驚嘆！枱有大枱、中枱和細枱之分，酒樓的點心居然也分大點、中點和小點外加一個「特點」！這樣一來，份量有多有少，價錢有平有貴，可以做到隨意和悉聽尊便。少則兩三人，多則一家大小或十餘同事，都非常適合上茶樓「聯絡感情」。香港師傅做的美點，往往是有形有狀有滋有味，非常精緻。傳統的、受到街坊鄰里、師奶阿叔歡迎的美點諸如：咸水角、煎蒸蘿蔔糕、煎餅、蘿蔔絲酥餅、潮州粉果、蝦餃、燒賣、鳳爪、糯米雞、蒸魚雲、炸春卷、各式腸粉、奶黃包、叉燒包、盅頭飯、粉麵、各類特色炒飯、排骨……鹹的之外，還有各種甜品，如西米露、紅豆沙、綠豆沙、芒果布甸等等，大概因一些媒體多次批評酒樓的美點高脂高油吧！近年，一些白灼生菜、菜心、芥蘭之類「青色食物」也開始上枱了。

　　早年進茶樓，總會看到一些年紀較大的「點心妹」（阿嬸）推著點心車在枱與枱間轉動。車上掛滿點心名稱牌，點心妹一邊叫賣，一邊在茶卡上蓋印，一邊從車上遞點心上枱。早年此類「點心妹」成為下層婦女的一大職業，但近年來此類職業也趨向衰落。酒樓內再也難見這種頗有地方色彩的特別職業

了（早年曾有人以此為題材寫成小說）。繫上圍裙的點心妹現已被穿上西式制服的酒樓服務員所替代；阿嬸們可能都轉到快餐店、連鎖店，戴上了鴨舌帽當服務員了。

「飲茶」文化之盛，已成了香港人的共同飲食財富，形成了非常完整而有特色的習慣和文化。外地的親友訪港，主人視上酒樓飲茶為一項必備節目。「酒樓」一旦消失，對於香港人來說是不可想像的。到酒樓「飲茶」和到茶餐廳、西餐廳、快餐廳吃飯，從形式到內容都不同，前者有「茶」伺候，食枱雖分大小，但都是圓形的，完全屬於中式的。點心的花樣之多可以充分體現中國人的聰明和智慧，「飲茶」也就不失為香港旅遊業的一大賣點。難能可貴的是，香港的飲茶文化雖已有長久的傳統，其實質內容卻不斷改善中。比如點心中，連印尼的糕點─黃金糕在某些酒樓也引入了。多姿多采、豐富美味的點心，我們或許經常食之已習以為常，但走出香港，到華人較少的國家一遊，就不容易見到了。飲茶，對香港人來說已成了生活的一部分和最大最甜美的集體回憶之一。

維港夜空煙花綻放

「今晚八點半有煙花睇喔!」
「咁我地早的食晚飯,去尖沙咀睇啦。」

　　年年過節,歲歲煙花。歲月流逝,在不知不覺之中,觀賞煙花,已經成了香港小市民的例牌節目。賀年慶節,如果取消了煙花匯演,心中似有所失。當然,恰好在香港農曆新年度假的外地遊客,平添了一項體驗中國人賀歲的習俗和節目,感受一下喜慶氣氛,那也是一種不錯的選擇。

　　香港的節日煙花匯演,迄今已經延續了三十四年。本來鑑於治安問題,港英政府從1967年就明文規定禁止燃放煙花和爆

竹。七十年代初移民到香港的人都會感到整個七十年代的單調
和安靜。1982年怡和洋行為了慶祝成立150年，港府決定在農
曆初一放煙花，接着幾年，都在大年初一燃放，但從1985年開
始改為每年農曆新年的初二晚上，一直延續至今。九七香港回
歸後，在維港上空的煙花匯演多了兩次，即七月一日的回歸日
和十月一日的國慶日。每一年的煙花匯演費用，由大企業大機
構贊助，動輒幾百萬。例如慶祝國慶六十七周年那次，海南省
港區政協聯誼會一出手就是八百萬，頗為驚人。那次持續的時
間23分，發射了23888枚花樣繁多的煙花。

　　香港的煙花匯演，由於多年來的持續，已經形成了一種
習俗，也自然納入了香港文化的一部分。如果說熱炒八卦新聞
是香港師奶文化的特徵之一，那麼煙花文化與它最大的共同只
是娛樂性這一點，卻比它多了無可比擬的不分男女老幼、大眾
同樂的特點。在那三個大節日裏，從黃昏時分，一些想觀賞煙
花的小市民、外地遊客和攝影發燒友就開始出動，到尖沙咀碼
頭、中環、灣仔、銅鑼灣、紅磡等靠近維多利亞港的地區，甚
至到太平山頂，佔一個地利，大飽眼福，一些攝影組織和社團
還舉行煙花攝影比賽；會展中心面海的宴會廳，某些時候，還
舉行過觀賞酒會，筆者曾經出席過，堪稱高官巨賈、紳士淑女
雲集，杯光鬢影、氣氛熱烈，而港九則萬人空巷，到了臨近燃
放煙花的半小時內，灣仔會展中心海濱、從尖沙咀的「星光大
道」到香港文化中心的海濱、尖沙咀碼頭等等最佳位置，已經
人山人海，擠個水洩不通。那種盛況，不亞於新年元旦來臨前
夕在銅鑼灣時代廣場和尖沙咀廣東道的人群倒數的熱鬧景象。
隨着第一枚煙花的發放，「嘩嘩嘩」的讚賞聲不絕於耳，萬眾
的手機和照相機高舉，一時間的屏心靜息之後，又緊接着第二
輪、第三輪的煙花發射、升空、爆開，又來了一陣陣的「嘩嘩

嘩」的歡呼聲在維港兩岸地面上爆發。夜空和地面上的兩種熱烈交相輝映、互為呼應，煞是有趣而且好看。在看煙花的人群當中，有坐在輪椅的老人，有頸脖被小孩兩腿夾住「騎馬馬」的年輕老公和太太，還有放假聚集在碼頭的菲律賓女傭和印尼女傭……總之是家家戶戶男女老少都趨之若鶩，這「群眾性」和「廣泛性」成了香港煙花文化的第一個最大特點。

香港夜景之美平時已經夠令海外遊客驚艷，畢竟在外國是比較罕見的。主要是香港維港兩岸、尤其是港島海岸線各種摩天大廈、玻璃大廈密集，一旦夜晚來臨，無不窗窗燈光，戶戶通明，形成了無論巴黎的塞納河或彼得格勒的涅瓦河都無法比擬的現代都市美。如果從太平山頂俯瞰下來，那些高高低低形狀不同的建築物，都成了發光的樹，無數這樣的光樹群，就構成了香港夜晚驚人的燦爛童話森林。在這樣的環境襯托下燃放煙花，當然萬分精彩。維多利亞港灣將港島和九龍半島分成兩岸，煙花又在灣仔附近的躉船上發射，於是不但兩岸的海濱滿是觀賞的人，海上，也有另類的精彩為很多人所不知。我家居位於紅磡碼頭黃埔花園某期高層，房間對正維港，每當煙花匯演前的半小時內，就看到海面上「萬船競發」的壯觀場面。原來，朝着灣仔海面前進、務必佔據一個最佳位置的，不僅僅是那種外形打扮得花紅柳綠、全身的輪廓被彩燈勾勒出來的中型遊輪而已，還有私人遊艇、載客的帆船以及大大小小的船隻。在這最緊張的時刻，它們就從四面八方像在海上趕集那樣朝向放煙花的灣仔海面趕去。這在碼頭、海邊一般不容易看到的特別景象，從我們十幾層樓高的窗口居高臨下俯望下去，非常清楚、有趣而壯觀。説「清楚」，是因為在港島那些大廈燈光的映照下，海面的動靜被照射得接近白晝了。在煙花匯演開始後，煙花在夜空發出的光亮、加上大廈的燈光，那些停泊在海

中央的大大小小輪船和帆船更是無所遁形。維港的倒影、大廈的燈光和繽紛四射的煙花，將煙火匯演的燦爛美、都市現代美表現得淋漓盡致，也把農曆新年的喜慶氣氛推到頂峰，這是香港煙花文化的第二個最大特點，即「現代美」和「都市美」，無敵夜景、海景加上煙花的熱力和色彩，令香港的煙花之夜獨一無二。

香港煙花文化的第三特點，是「驚動全城」。在很多的大城市，節日的煙花燃放只是聊備一格，有的規模很小，但在香港，配合的工作做足，堪稱全城沉浸在節日歡樂裏。不但幾家電視台直接播映，令沒有出門、靜靜在家過年或過節的家庭觀眾也一樣可以欣賞。最妙的是煙花匯演竟然還配合有背景音樂，在電台、金紫荊廣場和尖沙咀星光大道的廣播系統同時播放。如果要用一句成語形容，香港煙花文化堪稱極盡視聽之娛，實不為過。

伴隨着香港煙花文化的副產品是煙花的攝影，比賽、展覽，在燃放煙花剛剛解禁的初期，非常盛行，形成一種熱潮。手機還不那麼流行的年代，專業攝影機拍出的煙花沙龍傑作的確可以獨領風騷，如今智能手機幾乎人手一部，當煙花在維港夜空爆發的一瞬間，尖沙咀星光大道的人潮湧動，高舉手機朝同一個方向定格的手臂就相當整齊地形成驚心動魄的手臂海洋。我們年輕過，喜歡過，拍攝過，如今家居的「百萬窗畫」最美的就是節日的煙花欣賞，因為視角不錯，也可以勉強拍攝，也就很少提早去任何最佳位置佔據一席了，何況附近的紅磡—尖沙咀海濱大道沒有甚麼阻擋物，也可以看得一清二楚。不過，遇到我們在家的日子，有時都會跟朋友說：

「今晚八點半有煙花睇喔！」

「咁你地早的食晚飯，來我地屋企睇啦。

香港，馬照跑

——沙田馬場初識

　　如果不是華僑大學香港校友會名譽會長、成功企業家、華僑社團領袖王欽賢、洪素玲伉儷的邀請，恐怕無緣到沙田馬場開開眼界。9月20日傍晚王會長甫下飛機就從赤鱲角機場打來電話，邀約我們星期日到沙田馬場，看看他的馬「天地福星」參賽。上次他也是甫下飛機，約我們看賽，可惜我們人在外地，錯過了一次機會。這一次正好我們有空，就不能錯過了。

　　在香港生活了四十幾年，跑馬地「快活谷」馬場我們參觀過。給人的感覺「拘束」於城市鋼骨水泥的包圍之中，缺乏舒展的空間。那畢竟是在一片原是沼澤地的區域建立起來的，

147

1844年12月開始啟用，迄今已有了170年的悠久歷史了。這擁有七層看臺的賽馬場，曾經裝修改建過，成為世界一流的跑馬場；然而到了1978年10月沙田馬場建成後，它所承擔的，只是星期三跑的夜馬。比如，2014年9月至2015年7月的八十場賽事中，在快活谷跑夜馬占了31場。歷史僅有38年的沙田馬場我們沒見識過，非常期待。

香港賽馬文化鼎盛，有廣泛的群眾基礎。1997年香港回歸之前，偉人鄧小平就說過，舞照跳、馬照跑，香港五十年不變。夜總會的舞，幾經變遷，有的變身為卡拉OK，有的改為迪斯高，那種傳統的交際舞已經七零八落，唯有「跑馬」娛樂一枝獨秀，仍是那麼興旺。每逢跑馬日（多數為週六、周日、週三），在各區、屋村的場外投注站，人頭湧湧，不要說那些勞工階層、屋村居民、寫字樓白領，連師奶、叔伯婆婆級人馬，都在投注站內外，或站或坐，一份馬經報紙在手，塗塗劃劃，非常沉迷。所謂小賭怡情，大賭傷情，有不少打工仔，娛樂不多，又希望發點小財，每個月的儲存都「奉獻」給了此「慈善事業」；有一位名家寫過一篇小說，敍述一位孤獨的老婆婆，養貓和賭馬充實了她的餘生，令她長壽。所謂「慈善」，那是因為香港賽馬會的收入非常可觀——小市民因為有發財的希望，賭馬，都是非常自覺的，投注額累集就很驚人，而香港賽馬會從來是唯一的大贏家。據最新公佈的2013/2014年回饋香港的數額就逾243億港元，交繳政府的稅款為195.8億港元，慈善捐款達到36.1億港元，共資助慈善公益計畫168項。在港九新界，到處都可以見到賽馬會資助建立的中小學，也有助學金之設。因此，香港賭馬人不認為賭馬是惡習，而是一種「善舉」。

由於十八歲以下人士不得進入馬場，香港的賽馬文化儘管

很「重要」，中國大陸自由行的人士，除非是單身成人，否則少有機會參觀快活谷和沙田的馬場。她們往往帶着未成年子女來港自由行，重點是去海洋公園、迪士尼公園和大嶼山。

按王會長公司的李秘書的指示，我們乘火車到了沙田馬場，才知以會員身份進入馬場，是在另一個專門的入口，需要將馬會派發、寫有「來賓入場章會員席（上面有廂房編號）」的小牌子系在手提袋或背包帶上，還必須穿西裝，至少要打呔。我們匯合後，先到開合式天幕馬匹亮相園拍拍照，這兒有全球最闊戶外大螢幕，有好多座位的看臺。然後我們一起進入餐廳。王會長說，先享用自助餐，第二場是在一時半開跑，大約一時左右我們就到馬匹亮相園看馬匹和騎師；王會長還介紹了兒子王錦強和王錦輝，說他們喜歡馬，一匹馬身價在三百萬左右，一會的第二場第九號的「天地福星」就是他們名下的馬。此馬跑1200米時獲得兩次頭馬，今天正好由冠軍騎師潘頓騎策。這個餐廳特地建在看臺中央位置，從落地玻璃可以將馬場馬匹激烈競逐過程一一看得清清楚楚。在吃自助餐時我從餐廳走到看臺，居高臨下地觀察整個沙田馬場和拍攝照片作為儲存的資料。於七十年代落成啟用的沙田馬場確實建築得很高檔，被評為國際最頂級的馬場之一。看臺只在入直路這一邊，有可以容納8500人的座位，有草地、泥地兩種跑道，闊30.5米，長1900米，最叫人讚歎的是賽場的大銀幕，長35米高8米，據說就相當於2000個21寸的電視機大小，開跑前播映馬匹冷熱賠率，開跑後播放馬匹競逐畫面，賽完播放名次和派彩。十分清晰。

在吃自助餐當兒，我有點納悶，在這餐廳，如果要投注，豈不是很麻煩？要到二樓公眾投注處？我們要買9號的天地福星，捧捧王會長的場呢。但見不少食客走到餐廳一側，在幹

嗎？原來這餐廳不但有好幾列電視可以看賠率、比賽過程和派彩，而且可以就在那一側投注和收彩金。據説看臺二樓的投注大堂很大，面積有3700平方米，座位有978個，可以從巨型的螢幕牆看賽事全程。我看到餐廳每張臺面都擺着一本《沙田日賽賽事節目表》和一本《IRACE》，前者詳盡印備當日各場賽事，後者有出賽馬匹彩照和輸贏資料。那麼完整，都只是為了一天的賽事而印備給會員。香港式的效率，實在太驚人，走在世界前列啊。

約中午一時，王會長有點緊張，叫我們到天幕亮相園去，看看第二場出賽的馬匹，還可以拍拍照，我們看到了9號天地福星和騎師潘頓，原來那麼巧，今天騎策9號的正是冠軍騎師潘頓。好多人與他合影，王會長叫我們趕緊看機會趨上去，很快拍了兩張。我們向王夫人洪素玲瞭解一些情況，如跑出頭馬，王欽賢會長那麼忙、恰巧出差怎麼辦，她説王家總是會有人來的。馬匹跑第一到第五，都會有獎金的。還有，馬兒的練馬師是固定的，但哪位騎師騎甚麼馬無法由馬主指定，幾號閘口也是根據一些原則和抽籤決定的。

在吃自助餐的當兒，我特意留意投注的花樣，三四十年來，有所變化，增加了不少彩池，計有獨贏、位置、連贏、位置Q、三重彩、單T、四連環、四重彩，其他還有過關投注、孖寶、三寶、孖T、三T等等，幾乎可以想出的花樣都齊全了。

一時半第二場開炮，我們關注着王會長兩位兒子的9號馬「天地福星」，最後跑得第二。在座幾位朋友抱着玩玩性質，獨贏位置都買，結果小有斬獲，瑞芬還贏了近百元。

大概知道我們是「山芭佬初進沙田馬場」，王會長自始至終對我和瑞芬照顧得無微不至，在開合式天幕馬匹亮相園、看

臺、餐廳外的走廊，不斷為我們拍照，尤其是與冠軍騎師合影
那幾張，全靠王會長看准機會抓相機按快門快才可能拍攝到。
下午三時許，我們一起離場，他和夫人素玲還先送我們回紅磡
的家才過海回他們香港的家。這一次實地觀察，真是大開了一
次眼界，瞭解了香港賽馬文化的「實地」部分，見識了香港的
賽馬實施、設計，從建築、安排、行政、制度、管理、彩池等
等都是世界最現代的、最一流的。

另類閒情：玩轉超市

　　香港人的逛超市習慣，這幾十年隨着香港超級市場的競爭、變遷，漸漸地發生變化。從當年的對「薄利多銷」的趨之若鶩，到近年的成為生活情趣的一部分；超市也從早期的「大、多、全」地提供小市民生活必需品的綜合性商場，變成近期香港家庭主婦生活消遣和滿足消費意慾的現代集市，無論從設備、需求、功效到觀念，都發生了天翻地覆的變化。

　　概念來自外國的超級市場，被引入香港的年份未經考究。在還沒有超市前，柴米油鹽醬醋茶基本上靠大街小巷的各類士多店，日常生活用品、電器等則靠諸如永安、吉之島、崇光、裕華、華豐等此類百貨公司。後來，超級市場出現了，替代了

大大小小的士多。超市不斷競爭的結果，淘汰了一些貨品較少的、也較沒名氣的，最後成為兩家之爭。這兩家，在港九有不少的連鎖店。而所售賣的，以吃的為主，連帶一些用的。超市的黃金時代基本上已過去了，那是因為當初它們的貨物品種的確豐富繁雜，由流傳看「薄利多銷」的神話，小市民都願意幫襯，推着小車，將一星期的蔬菜、水果、飲品、衛生紙、麵包等吃的用的都買齊。後來，人們發現不少東西，比外面的凍肉公司、士多店、雜貨舖貴了很多，其「薄利」的謊言終於被打破。目前的香港買蔬菜水果、生魚豬肉之類既可上政府轄下的街市，也可以在街巷內的菜舖、肉舖和凍肉公司，只是品類沒有那麼多就是了，但論價格，有時比超市還便宜，還不須挨排隊之苦。

　　兩大家超級市場為了爭客，常常實行價格上的競爭。它們設有專人，專門刺探情報，一旦對手推出新的大優惠，本店馬上力拚，也實行大優惠。不斷競爭的結果，受益的是顧客。時間跨入二十一世紀，在兩大間超市購物消費，付款方式也起了革命。除了可用現金付款之外，還可以用八達通，各家銀行的信用卡簽卡掛賬；而不同的信用卡，又有方式不同的累積分數，達到一定積分，可以獲得相應數目的現金券或禮物，總之，超市為了贏取最大利潤，鼓勵市民多消費。除了積分制，還在貨品的銷售方式、價格等方面玩出不少花樣。例如，蘋果一個單賣是4元，但標出的是「11.9元三個」，實際上只是便宜了一角，但卻捕捉到了家庭主婦的貪小便宜的心理，巧妙地、成功地將一個蘋果的營業額擴大到三個；再如4元一盒（包）餅乾，改為7元的定價，標以「買一送一」其實相當於3.5元一包。當然，花樣不僅僅是出於對顧客消費心理的分析、研究和把握，在價格上還玩轉「魔法」，還有種種獎勵、贈品，如買

甚麼牌子的飲品，送一小盒的芒果汁；買東西，在一個期限內
數額累計到若干，可以參加大抽獎等等。商家是有底線的，從
不會蝕本。

　　超市在香港這幾十年來，也不斷在改革和改善中。例如，
以前「熟食」是絕跡於超市的，現在有了；以前想吃日本的壽
司、魚生和沙律，只能去日本店，但現在也有了。甚至，有的
超市因面積極大，分租給一些行業的商家，我們於是不難看到
某幾家超市竟也擺着傢具，其電器部，所售電器並不亞於專門
店。最精彩的是服務方式的改善，生意手法搞得非常靈活；賣
螺片、湯包的，賣各種魚丸肉丸貢丸的，為了讓家庭主婦多
買，超市安排了專人即場煲湯，推銷的時候讓你試飲一小杯，
那種杯非常「迷你」，約只相當於一兩大湯匙，但效果卻奇佳。

　　各大超市都備有推車。最妙的是，香港的家庭主婦，一
進入超市，少數是心中有數，一二三四五……早就在紙上寫好
要買甚麼東西，其目的性很清楚；但大部份已退休的女性，或
假日中的在職女性，平時進入超市心中完全是無數的，反正先
抓部車再說。如果有幼孩也沒問題，小車上也有嬰孩位置的設
計。在你一邊推車選購東西時，也可以一邊照顧小孩。這種非
常周全的、富有人性的設計，堪稱百貨銷售中的一大發明。超
市的小車夠大，車子數目也準備得很足夠。一方面考慮到你鍾
意的東西從架子上取下就可以隨意丟入，兩手不必過於勞累；
另一方面不必抓籃，它的靈感源自飛機場大堂所見的那種行李
推車，但雖然都是車，設計卻不同，且使用時後者緊張前者悠
閒，在情調上大異，相同的是那種對物質的擁有權和佔有慾。
飛機場小推車上的行李是屬於自己的，超市小推車上裝的選購
貨品，也是屬於自己的了！因此，推着滿載貨品的小車這一種
動作，象徵着一種強烈的佔有慾，這是明顯不過的。香港的女

性消費意慾很強，多數不會匆匆入來又匆匆走出去，總是慢慢推，慢慢看；這翻翻，那看看；左挑挑，右選選……包裝要選漂亮的，賞味期要最久的，出產日要最近的……有時，又偶而接到好友一個電話，邊走邊聊天；有時，心情大好，撥一手電告知死黨今天的戰利品。將大半超市的各區域轉了幾圈，看看錶，竟是大半天過去了，不知日之將晚。然，這種對時間的消磨，對她們來說，其樂真無窮；哪怕是沙士、金融海嘯期間，生活和工作的壓力，正是在這種「血拼」中、瘋狂地掃貨中得以減輕和消解。滿滿一車，只要購買額超過500元，東西可以耐放而開飯又不急於用的，那也可以省去自己提拎之重和肩扛之累，可享受超市「送貨送到家」的服務。

　　香港超市已成為香港人生活的一部分。尤其是香港的中年女性，她們的消費意慾在此得到充分而徹底的發洩，她們瘋狂掃貨的情緒在此得到化解，既玩轉超市，也被超市捕獵。香港超市，成了她們消費、減壓、發洩情緒和消閒的「多重功能」的好去處，構成濃厚的超市文化。

嶺南名祠黃大仙

　　香港九龍的名祠黃大仙，聞名東南亞和海外其他地方，成為海外（尤其是東南亞）華人喜歡來參拜的寺廟。其香火極其鼎盛，知名度極高。黃大仙所處範圍統稱嗇色園，占地面積約18萬平方尺，地處獅子山下。不像中國大陸一些著名寺廟寶殿，建在遠離市區的郊外或清幽之地；黃大仙夾建在出名的政府老牌公共屋村黃大仙上下邨之間，人煙濃密，園內可以聽到嘈雜的人喧市聲。所謂「嗇色」兩字，「嗇」指慳吝，「色」指喜好、欲望。兩字合起來就包含有「愛精神、致虛靜、省思慮、寡情欲」和「悟道修真」的意思。九龍的這個黃大仙的最高宗旨是「普濟勸善、廣推善行、崇尊三教」。這最後的「三

教」是指道、釋、儒。僅是這幾點，黃大仙就和許多「唯我一教獨尊」的其他寺廟很不相同。

　　黃大仙前前後後近一百年的歷史，其中經歷了許多滄桑變遷。大致傳說是這樣的：1915年廣東西樵普慶壇有個叫梁仁菴道長和梁鈞轉道長將一副黃大仙的畫像帶走，先在香港的乍畏街及大旦地開壇闡教，後來又在灣仔大道東設壇安奉黃大仙開設藥店，不料一年後被火燒毀，只好移壇至灣仔海畔東。1921年據說黃師降乩，可在九龍城建殿，因見附近有山，靈秀獨鍾，「此乃鳳翼吉地」，適合道侶建祠，有關機構相應成立。這就是嗇色園最初的來源。1934年後它還是作為私人道場，一直到1956年向港英政府申請，成為慈善社會機構，全面向公眾開放。除了公益服務，還兼義工、社會、醫療等多項職能。

　　那麼黃大仙究竟何許人也？是否真有其人呢？想來情況和天后娘娘有些像似，古有其人，又被老百姓附加了不少特異功能。據說，黃大仙原名黃初平，生於328年8月13日（即晉成帝鹹和三年）於浙江金華縣，小時後家裏貧窮，三餐不繼，8歲起牧羊，15歲得到仙翁的啟示，進入赤松山金華洞內石室修仙。他的兄長發現他失蹤了，到處找他，當時有一群羊在外，黃初平喊羊，羊群昂首呼應，頓時化成一堆白石。黃初平吃松脂茯苓度日，一直活到500歲。他能祈晴祈雨，隨感隨通，有求必應。這，就是黃大仙的來源。

　　黃大仙祠幾十年來除了舊殿維修重建，還建了許多新殿和牌坊，範圍日益擴大。黃大仙的主殿（大殿）是在1969年重建的。1973年正式開放。主殿作為主祭中央之處，掛有黃大仙師的畫像，以木雕的形式連載黃大仙得道成仙的經過。每年農曆正月初一、初十五和重大的日子（如黃大仙師的生日），港九萬民空巷，善男信女全部出動，爭先恐後爭上第一柱香，據

說第一柱香足於表示內心的虔誠，黃大仙可以降更大的福氣給他。在人頭湧湧非常擠迫的清況下，主殿常常無法通行，點燃的香隨時隨地將身旁的人的名貴衣服接連燒出幾個焦洞毫不奇怪。最妙的是在一片家庭主婦、老婆婆和販夫走卒的頂禮膜拜的繁忙中，在香煙繚繞、香味撲鼻、籤子急速搖動碰撞籤筒的嘈雜聲中，滿眼都是灰黑二色春冬寒衣的風景中，偶然，會出現幾個穿着五寸高跟鞋、緊窄地包裹着豐臀、聳胸蜂腰、臉上塗脂抹粉、濃妝豔抹、戴黑眼鏡的年輕時尚女性，穿過人群，也在抓着幾支香向黃大仙師祭拜。一時引起了眾人的大矚目。

不能不提「抽籤」，因為它是黃大仙祠的另一道大風景，不可分割的部分，成為黃大仙吸引香港市民和海外華人的重要保留「節目」。在黃大仙的外圈，一列排開着幾百家為人解籤、看掌相的小鋪子，它們的大小格式都非常劃一整齊，業務五花八門，但都離不開掌相，分為求自身、求事業、求姻緣、求家庭等，解決的問題包括樓房風水、婚嫁前途、開張吉日、生意、健康、求子等等，也有抽得幾隻籤要求闡釋的。黃大仙的籤較為多元，除黃大仙籤外，還有觀音籤、關帝籤、車工籤和諸葛神數靈籤。通常都是100支。黃大仙籤上上籤有3支，上吉籤12支，中吉籤30支，中平籤37支，下下籤18支。觀音籤分上籤、中籤和下籤；關帝籤比較複雜，有上吉、上上、大吉、中中平、下下……不一而足。收費大概為了不致懸殊太大，前幾年是有行情的，起碼是看一次港幣五百元。近幾年可能有所起落，也有隨意的，當然多多益善，顧客倘若對看相的解說極為滿意，也可以多給。這些看掌相的不乏臥虎藏龍之輩，有的是名師出高徒，有的是自學成才。據說，抽籤不要只是抽一支，要多抽另一支；也有人說為求靈驗，只能抽一支。再說，不要只是看「標籤」（即大吉、下下這些字眼），最好將自己

的事情代入到所抽的簽上的故事或歷史典故中。姑妄説之，姑妄聽之吧！

黃大仙祠極有特點。首先是它三教（釋、道、儒）並存，並不排斥，釋即佛教，道即道教，儒即孔教。祠內有三聖堂，供奉着呂祖、觀音和關帝。三教和平融合，體現着中華民族宗教之間有許多互通之處。其次，黃大仙祠的大大小小建築多達二十幾座，包納了中華建築式樣的歷史之大成，值得細細參觀遊覽。例如，麟閣、九龍壁（仿北京北海公園建築，有中國佛教協會主席趙朴初的題詞）、玉液池、從心堂（仿頤和園）、仙鄉吉羊群（1996年浙江省藍溪政府贈送）、財神殿（供奉趙公明元帥）、藥王殿（供奉道教藥王孫思邈真人），還有月下老人及佳偶天成的神像等等（要求月下老人為你牽上紅線，聽説還有一系列的詳細步驟哩）。其三，黃大仙毗鄰政府屋邨，建于中下層居民密集居住的方圓地內，緊貼着小市民的日常生活，和老百姓的關係密切，香火之盛，在東南亞、嶺南都是罕見的，如果海外一些年紀較大的華人來港，不喜歡香港太現代的東西、不愛到以年輕人為對象的娛樂場所，黃大仙祠就是他們的不二之選。像此類體現香港市民喜愛、反映中國民間風俗習慣的名祠，縱然不上香不求籤，漫步其中，遊覽見識，都是會受到歡迎的。其四是黃大仙祠不單純是燒香膜拜、求神問卜的地方，近期已經發展為多元化的慈善機構，設有義工服務、社會服務等等。因此也是一個很有代表性的地方。

黃大仙屬於香港另類的旅遊景點，可以列入香港旅遊備忘錄裏。

徜徉香港歷史博物館

　　香港歷史博物館位於九龍尖沙咀區，就在香港科學館一側，即在九龍尖沙咀漆咸道100號，交通十分方便。多條巴士線均可抵達，如果乘地鐵，那就在金馬倫地鐵口出來，行路約10分鐘就可到。香港歷史博物館內容豐富，如果是香港兩日遊，頗值得我們一遊。主要是非常超值，標準票10元，20人以上的團體票7元，優惠票5元（長者、學生、殘疾人士），而且逢星期三可以免費入場。20人以上的學生團和非牟利團體也可以免費入場，但要事先申請。在參觀香港歷史博物館前要注意其開放時間，它逢星期二休息，其他開放的時間是上午10時到下午6時。星期日與一般的公眾假期還延長到下午七時。

　　香港歷史博物館建館於1975年，迄今已經42年了。它的外觀宏偉，一側靠近科學館，另一側毗鄰理工大學，周圍樹木圍繞，環境非常清幽。在其周圍路徑上散步、或在樹下休憩讀幾頁書，都不失為舒適美妙之舉。通常我們到外地，如果那座城市多少有點「年紀」，就會有多少歷史積累，於是「博物館」就應運而生了。時間足夠的話，旅行社導遊就會安排參觀該地博物館，以便不只是看到城市的外貌，也能看到它的豐富內涵。香港一日遊、兩日遊之類很少將遊覽參觀香港歷史博物館列為必然的節目，也不出奇。一方面時間不足，另一方面香港的旅遊王牌是海洋公園、迪士尼公園等娛樂措施，又一向以美食、「購物天堂」標榜，旅遊社當然就不可能將遊覽香港歷史博物館作為首選的必遊項目了。

　　香港歷史博物館作為收集、儲藏、整理、研究、教育和展覽綜合功能的機構，主要展示對象是香港及華南地區，涉及它們的歷史、考古、民俗、文化、經濟等等方面，從1975年開館以來，陸續完善。至今，已舉辦百餘次的大大小小的專題展覽。值得一提的是1985年，大概受到美國活李荷恐龍電影熱的影響，舉辦「中國恐龍展覽」，入場人數近十萬人次，非常轟動，特別是小朋友，反應異常熱烈；1999年即香港回歸中國之後的第三年，又舉辦了「百年自強・近代中國的崛起」展覽，吸引了十萬餘人進場參觀，對於香港青少年的國情教育，無疑是卓有成效的一次成功展覽。2001年夏天，經六年的從籌備策劃到完成的艱苦工作與設計，耗費一億九千萬元的「香港故事」大型展覽終於登場，並成為該館的「常設展覽」，將香港歷史博物館的精彩推向一個新高峰。十一年來，「香港故事」大獲好評和歡迎，來參觀的學生、遊客、一般觀眾絡繹不絕。

　　是的，展館不能老是搞有時間性的專題展覽；因為這些專

題展，時間短，經常要更換，無法穩定基本觀眾；有些專題展內容比較專業枯燥，不是普通觀眾感興趣的。再說，專題展要靠專家的專業知識做基礎，有些展品遠非香港可以具備，要借助中國大陸有關人士和部門。因此「常設展」顯然成為了香港歷史博物館的核心和靈魂。選擇「香港故事」作為展覽的「母展」當然完全正確。因為，居於斯長於斯的本土香港人，可以在這裏一起「集體回憶」那些走過來的歲月，從所有的展示得到懷舊的滿足；外來的遊客、華人朋友，則可從中獲取了解香港的過去和將來的知識。

《香港故事》佔地7000平方米，分八個展區，共有750塊文字說明，逾4000件展品。除了展示實物、文字，還有多個立體場景和多媒體劇場，有力地配合展示。博物館分為地下、一樓、二樓、閣樓幾大部分。一樓即大堂，這兒是博物館出入口處、售票處、書店、禮品店、飲冰咖啡室、專題展覽區、參考資料區以及休憩區。《香港故事》分為八大部分，包括自然生態環境、史前時期的香港、歷代發展：從漢至清朝、香港的民俗、鴉片戰爭及香港的割讓、香港開埠及早年發展、日佔時期以及現代都市及香港回歸。前四部分在地下，後四部分在二樓。由於展覽豐富，通過文字、映像、實物、模型、音響、場景等等多種形式的展示，參觀前面四個展區就要化45分鐘，後面四個展區估計要化1小時15分，僅是參觀展區就至少需要兩個小時。如果連觀看配合展覽的專題短片，至少就需要3至4小時了。趕鴨子式的旅行團肯定不合適這樣的慢節奏，但學校由老師帶領學生（大、中、小學生）來參觀、補補「香港」的課，肯定物有所值甚至超值。越是近百年來的香港發展史，材料越是豐富，老少咸宜，必有收穫。「自然生態環境」部分最為奇特，通過黑黑的時空隧道，我們看到了四億年前的地貌、

化石，一出來已是六千年前的香港原始森林，鳥鳴、爬行動物
四處爬動，疑幻疑真；「史前時期的香港」令人印象最深刻的
是那長達42米的海灘場景，塑像生動栩栩如生，幾個香港先民
塑像在沙灘上煮食，遠方是大海與崖石，頗為壯觀。「歷代發
展：從漢至清朝」主要介紹香港與嶺南不可分割的關係、有關
的民生、經濟演變和南遷歷史；「香港的民俗」可說最為生動
精彩，也增加了色彩感，大型的模型、實景較多，從中我們可
看到水上人家的生活、婚嫁、曬鹽技術、元宵點燈、戲棚、包
山、舞獅等等民間習俗，都有不錯的視角效果，難怪在此，觀
眾的攝影意欲最強烈，而6分鐘的「吾土吾情」影片可讓我們
津津有味地重溫香港過去令人懷念的「小時候」。最叫舊港英
政府忌諱害怕的「鴉片戰爭及香港的割讓」資料齊全，有助我
們了解香港被割讓的前因後果。最接近我們兩代人的是「香港
開埠及早年發展」，展示也突然一變，叫我們眼睛一亮，一座
三層高的歐式建築物在眼前屹立，另一側是一個大海港和西式
遊艇，仿古街道上是香港民初時期的茶莊、當舖、雜貨店、茶
樓、郵局、銀行、商行、藥店、人力車，彷彿我們聽到了電車
聲、叫賣聲，二十世紀初期的老街風情像嗅得到懷舊味般地逼
人而來。戰前香港的法制、民生、政制、教育狀況一目了然，
稱它是一部活生生的香港百年史不為過。「現代都市及香港回
歸」見證香港九七回歸大轉折時刻，配合的影片長達10分鐘。

　　值得一提的是，除了錄音導賞服務（租用10元）外，10部
影片從4分到11分鐘不等，座位從10座到90座都有。筆者看過
《戲如人生：六、七十年代香港消閒娛樂》，重溫六十至八十
年代的香港生活，興味十足，感觸良深。

　　香港歷史博物館值得一看，尤其是《香港故事》，知趣兼
具。

普及科學知識的香港科學館

　　如果您是屬於自由行，而且帶着一兩個孩子，來到了香港，除了迪斯尼樂園、昂坪、大嶼山、海洋公園之外，香港科學館是不能不去的好去處。

　　那麼巧，其館址就在香港歷史博物館一側，即九龍尖沙咀東部科學館道二號。

　　四四方方的建築外形，以前曾經被人詬病，但不太起眼的外表，不影響內裏豐富的內容。相信一些兒童、青少年走進香港科學館，必然會被緊緊吸引住，樂而忘返。與香港歷史博物

館一樣，香港有這麼一個「科學通識」的現場，為香港普及科學知識提供可能和場所，非常值得稱道。我認為，兩館的可觀性，不但適合青少年而已，其實也適合大人。

香港科學館設有大堂、四層展覽大廳、辦事處、演講廳、地下臨時特別展廳、小賣部等幾大部分。在平時的日子，即星期一、二、三及五，都是從中午一時開到晚上九時，星期六、日和公眾假期則由上午十時開到晚上九時。星期四休息，但遇到公眾假期則開放：星期三入場全民免費，門票方面，一般成人為25元，長者減半為12.5元，其他學生集體票和團體票都要提前預約，可以再有優惠。

科學館的分佈主要是四層：地下、一樓、二樓和三樓，分門別類，各有特點。我們可以發現，星期三人頭湧湧，下午3點鐘光景，家長帶孩子來此活動，也有些大人玩得不亦樂乎，這和科學館「不是僅僅展覽」那麼簡單有關。

一樓經常有臨時性的特別專題展。例如我們來到時，就遇到《冰河時期長毛象寶寶展覽》，很讓人大開眼界。1977年被發現的小長毛象遺骸，估計原來活在4萬年以前的西伯利亞雅瑪爾半島，牠的化石的發現引起了公眾和科學家們的關注和興趣，神秘的冰河時期，那些史前的巨獸到底是如何生活的？人類到底何時就出現在地球上？栩栩如生的長毛象的化石真是百年難見，引人深思啊。

當然還是要說說科學館的特點。匆匆忙忙像趕鴨子似的旅行團，看來就不太合適，但帶孩子來玩的自由行人士，科學館絕對是非去不可的。主要它有那麼幾個特點：一是它的全面性。涉及到我們生活的方方面面，例如，一樓的科訊廊、磁電廊、職業安全健康廊；二樓的電訊廊、家居科技、食品科學、交通；三樓的能源效益中心：地下的力學、數學、光

學、聲學、生命科學、鏡子世界以及近年新設的「賽馬會環保廊」，都非常值得一看。環保廊是由香港賽馬會慈善信託基金捐助的、普及環保知識的展覽。作為科學館，當然不能設計得像一般千篇一律的課室那樣枯燥無味；因此，到達二樓，就可以看到一架頗為巨型的飛機懸掛在半空，一架小飛機在迴旋，它們都為愛好拍照的朋友提供了攝影的背景。最妙的是在地下展覽大廳，一步入就可以看到一個龐大的恐龍骨架橫空呈現眼前。最初我們還以為只是屬於裝飾性的點綴，仔細觀看說明文字，才知道是如假包換的雲南省的寶貴贈物。原來這是在2008年雲南省人民政府與香港民政事務局簽訂有關文化交流合作協議後的第一個重要行動，雲南將在雲南祿豐出土的、生活在一億八千萬年前的「祿豐」龍化石贈送給香港。這樣的「豪舉」當然令香港科學館大大增值了。七點八米長的恐龍身軀，佔據了不少觀眾的眼球，成了地下部分的搶鏡風景。我們說「全面」，因為科學館並不只是電腦啊、手機啊這些科技的展示，而是關乎到我們生活的各個角落。從尖端的醫學新知到廚房操作，從地球兩極到常見現象，都有奧妙而被其關注。例如，在三樓的「能源」展示部分，設有一簡廚房，告訴我們如何洗碗筷才能節約能源；在一樓職業安全的部分，通過模型和文字，告訴我們如何搬運東西才是最正確和最安全、最省力。它們無不與我們的日常生活密切相關。

　　其次是它的互動性。這是香港科學館最令人稱道的地方。全館各種設備的設計，都考慮到盡量讓進來的兒童、青少年能夠通過「參與」獲得知識。因此，難得設計的專家學者，挖空心思，發明一個又一個很特別的器械、廊道、裝置、項目，等等。大多數展示，用按鈕、鐳射光、聲音設置、映像、模型……可以讓你手動、耳聽，眼看，起到一種你參與其中的效果。

最後是它的趣味性。科學，如果僅是講理論，當然會很枯燥；但是，科學如果加入了普及、生活化的元素，必然會為大眾所喜聞樂見；如果還進一步加入了娛樂性和趣味性，那麼科學館的功能就會加倍擴大了，老少咸宜，成為公眾歡迎的地方。例如，地下的「鏡子世界」就很精彩，人流最多，收到嘖嘖稱奇之效。通過在「鏡子屋子」的漫步，觀眾看到了自己映像的各種變體，甚至還有一個魔術奇屋的設置，帶點恐怖，外面的人，只看到你在桌面上的頭顱，而下半身竟然被蒸發掉。漫步在科學館內，我們會為自己在生活中的「知其然而不知其所以然」而慚愧，原來，每一種日常現象背後，都是一串長長的科學道理。

由於地球環保問題日益嚴重，環保議題熱門、重要起來，地下的「賽馬會環保廊」新設置，我認為值得一提，也很有參觀價值。不過，賽馬會在香港已經夠出名，名稱上是否還要冠於「環保」之上，卻值得討論。此區佔地不多，但考慮的問題卻豐富而益智。設有能源故事、地球故事、生物故事、廢物故事、水的故事、土地故事和極地故事。它們都有連帶關係，有些說明文字寫得很有意思，如批評一些人的觀念，為地球考慮太少，一討論問題，總是喜歡用「我們的國家」「我們的民族」「我們的城市」，很少用「我們的地球……」，造成了地球環保問題不被重視，的確說得有道理。這一部分給人一種強烈的信息，我們生活的大自然環境，生態一定要保持平衡，否則就會很快出問題。

香港科學館因為有着自己顯著的特點，成為學界的「科教現場」自不待言，來自海內外自由行的家庭遊絕對合適。如果時間足夠，看完科學館，連一側的香港歷史博物館也一道參觀完，一定不枉此行，滿載而歸了。

環境優美的香港藝術館

　　香港既有歷史博物館，又有藝術館；前者主角是「香港」，以香港歷史為主體；後者，則是提供了香港人了解中國悠久文化藝術和香港現代藝術的一個窗口。未曾涉足，就不知道香港竟然還有那麼好的地方，可以參觀到那麼豐富精彩的中國和香港的藝術品。難得的是，藝術館的地理位置，就在筆者認為「香港、九龍風景最美的地方」——香港文化中心的「後景」。最近馬路的是半球形的天文館，右側就是香港文化

中心，走進中心內，就可以看到演藝館，寬敞宏偉的大堂不時
有一些藝術家、學校學生的繪畫創作展、攝影展或其他藝術創
作展……從文化中心與天文館之間的空口走進去，你就可以看
到維多利亞海港了，景色非常優美宜人；我們要找的「香港藝
術館」就出現在眼前。宏偉奇特的造型被碧藍色的海景與棕櫚
樹襯托着，與為很多人談論的、同樣造型特別的文化中心相呼
應，油然叫人產生一種強烈的「幾何圖形多重組合」的感覺。

　　香港藝術館逢星期四休息，一周內從星期一開到星期日，
每天從十時開到晚上八時。標準收費是十元，長者、殘疾人、
全日制學生半價，20人以上可優惠。如逢特別的、有時間性的
專題展覽，還要另外加上5元。

　　論香港藝術館的結構和格式，也和香港歷史博物館差不
多，也是四層，還有地庫。其前身是建於1962年的「香港博物
美術館」，當時的位置在香港大會堂的高座。1991年，香港藝
術館遷往尖沙咀現址。其建館的宗旨，以保存中國文化遺產
和推廣香港本地藝術為主。整個藝術館總面積約為17530平方
米。藝術館分為七個展覽廳，其中五個展覽廳主要是固定地展
出藝術館的珍藏。這些「珍藏」包括了中國文物、中國書畫、
當代香港藝術、歷史繪畫和「虛白齋藏中國書畫」。其他兩個
展覽廳則是不固定的、有時間性的專題展覽。例如，在2012年
六月前後舉辦的《頤養謝塵喧——乾隆皇帝的秘密花園》就是
香港藝術館與故宮博物院聯合籌劃的，不但展品價值珍貴、物
件造型精彩，而且富有歷史意義。還有另一個專題展是《東西
共融——從學師到大師》也是不可多得的專題展。一幅幅十八
至十九世紀的中國外銷畫呈現我們面前，外銷畫和原作的對照
比較，揭開了一段耐人尋味的近代中國繪畫史。優秀的「學
師」距「大師」其實只有一步之遠——他們在技法上足可以與

西方大師並駕齊驅啊。有意義的專題展，需要資訊、媒體的傳播，才有機會得睹和見識。

走進香港藝術館，不能錯過一樓和三樓的中國文物展。雖然對於中國大陸來的遊客來說，展品的豐富當然不能跟像故宮博物館這樣的國家級展館相比，但很多來自東南亞的華族遊客，他們未必都到大陸旅遊，縱使到內地，也未必有時間或有機會去參觀中國歷史文物；如果他們僅是來港探親訪友，那麼香港藝術館內的「中國文物」就非常合適他們的瀏覽參觀。少也有少的好處，少往往就很精，便於在較短的時間對中國歷史有個簡要的了解。例如，藝術館所藏的中國陶瓷，就很值得參觀。從歷代生產的陶瓷，了解中國歷史藝術的演變，是一件頗為有趣的事情。藝術館印備的《埏埴巧工》說明書就寫得很好：「陶瓷工藝始於實用，漸以其美觀取悅於人，但歷朝陶瓷之價值卻不止於此。我們可從陶樓陶倉、三彩人物動物等，追溯古代喪葬文化；從如玉如冰的越窯瓷器，品味唐代的茗茶風尚；從各種外銷瓷器，一窺古代中國的航海事業和繁盛的對外貿易；從各朝貢瓷的規模，想像歷代官廷的奢華豪逸；以至詩人墨客所賦之詠瓷詩，仍能使生活在今天的人們沉浸於文學與藝術交融之美景。」值得一提的是自1962年以來陸陸續續有多位各界的知名人士熱心捐獻，令藝術館的藏品不斷豐富起來。這其中比較重要的有：羅桂祥博士、胡錦超先生、郭安夫人、張嘉琳伉儷、郭修圃伉儷、吳漪漣女士等知名人士。他們捐獻的是陶瓷、茶具、黑釉器等物，不乏石灣和景德鎮的名牌出產。1991年，北京的中國歷史博物館（中國國家博物館）從其館內精選了六十件自西漢到清末的陶瓷器，贈送香港藝術館收藏及展出。

香港藝術館還有「虛白齋藏中國書畫館」。這主要是劉作

籌先生（1911-1933年間）的收藏。劉先生是星洲華僑，1949年來港任職四海通銀行，正遇時局巨變，文物書畫匯流香江，劉氏節衣縮食，大量收集。1989年他決定將藏品慷慨捐獻給香港藝術館，成為轟動國際的藝壇大事。2012年適逢二十週年，藝術館特別精選了二十位名家的經典展出，值得一看。2012年，專題展有豐子愷的《護生護心》、人間情味專題展，吸引了很多觀眾；而「乾隆皇帝的秘密花園」更將香港藝術館的展覽價值、展覽水平推向一個極致，這個別開生面的展覽，無論展覽的珍貴物件、展覽的靈活互動、展覽的設計多元化、可觀性，都令觀眾嘆為觀止。

在藝術館大堂，設有很有特點的藝術館書店，備有不少藝術圖書。大堂辦事處可以租到「錄音導賞服務耳機」。包括了粵語、國語和英語。數碼錄音耳機只需要港幣十元。如果要求免費導賞服務，就得查看節目表或藝術館網頁。

走出大堂，就可以看到露台上開設的藝術茶座。收費是嫌貴了些，但物有所值。露台上的三件雕塑藝術品固然看了悅目，增加了一些藝術氣氛，維多利亞海港的美麗風景一覽無餘，才是最叫人驚艷的所在。站在露台的圍欄邊，海風徐徐地吹拂，暑熱慢慢地消解，夜幕悄悄地蔓延，您會驚呼，今天，藝術的熏陶和現代化、自然風光居然可以那樣混溶於一體，一天的度過變成那麼地有意義。

乘電梯，領略露天博物館

　　早聽說香港中區「半山行人電梯」和「香港第一街荷李活道」的大名，可是九十年代在其「頭部」匆匆驚鴻一瞥，就沒有再涉足。都說中上環是香港開發最早的地區，因此，很希望再見識和領略一下香港的早期文化。那一天午後，先查看了地圖，頓時嚇了一跳，在地圖上有關「行人電梯」的紫色標誌好長好長，跨過幾條橫街，真不是開玩笑的。我很快就找到了中環的登梯處，實在一點兒都不難找。它的「源頭」在域多利皇后街的中環街市。開始是步行的天橋，一直到與皇后大道中

交界的閣麟街，才出現了「電動扶梯」。沒想到中外遊客非常多，一個個都抓着數碼相機獵景。至此，我有點「相見恨晚」的感覺，早知道這也是一個著名文化景點，名氣那麼大，我應該早來，而且多來幾次。

真的很不錯。先說這條建於1993年10月的半山行人電梯吧。它幾乎直線向上，主要建架於閣麟街、卑利街和些利街，到上面的干德道為終點。最妙的是它分為20段、全長約800米、上下的落差為200米，每天大約有3至4萬人次運用這聽說是世界最長的「電動扶梯」遊覽參觀。「露天博物館」的形容由來，是因為左右的街道、景物極有特色，美不勝收，在原地搭着滑動的電梯看風景，也可以發現特有興趣的景物時，停一停、來到橫街，走走看看。這些橫街都是超過一百年的老街道，譬如士丹利街、威靈頓街、結志街、擺花街、荷李活道、士丹唐街、堅道等等。據說英國人義律1841年1月26日就是在附近的水坑口登陸的，開始了英國對香港的殖民史。1943年香港最早被稱為「維多利亞城」，1944年荷李活道成為香港第一條街道。1850年中國爆發太平天國運動，很多中國難民湧入香港，香港的中國人漸漸多了起來。經過士丹唐街的時候，我們可以看到最早的中區警署和域多利監獄；在另一側的士丹唐道，有着辛亥革命前孫中山於1895創建興中會的故址（當時是士丹唐3號，用「干亨行」掩飾）。可惜如今已看不到任何痕跡。電扶梯兩側酒吧、老店很多，非常集中地凸顯香港中西文化交融的特色。不需要進入一間密封的、付門票的建築物，我們就可以生動地盡情參觀香港過去的文化，這就是「露天博物館」形容的來源。

老街那麼集中，到這一區遊覽，就猶如時光倒流，回到了160年前的香港；另外，我們又不難發現，電扶梯兩旁和一些

横街，酒吧林立，不勝其多，一時之間，我們又好像到了美歐地區，太具西方情調了。因此，雖然是首次來到、細心領略個中氛圍，但很快就喜歡了。我覺得有幾個方面都值得一說。

它不像其他地區，要走太多的路，才看到我們要看的東西。譬如我們只需要站在電梯上，就可沿途看到很多要看的風景。到了某一段，需要更深入的觀察、購物，我們就不妨走出來。例如，我們可在威靈頓街參觀全港歷史最悠久的（1918）的老茶居蓮香樓；在擺花街的老字型大小泰昌餅家買幾個熱辣辣的、新鮮出爐的蛋撻，到結志街和嘉咸街感受當年貨物集散地的古舊氣息，這些街道開闢於1850年，至少已有160年的歷史。如果時間有限，不想做深度香港之旅，那就靜靜乖乖地站在電扶梯上一動不動，只動雙眼，半小時已可謀殺許多菲林了。也即不需要「漫步」，只要「領略」就可以了。這是第一個感受：輕輕鬆鬆看風景。

喜歡懷舊、喜歡老東西的遊客，必然會大有收穫。荷李活道已沒有當年的熱鬧，但商店特色依然保持百年來的風情。據說荷李活道早期出現過非常有名的看相算命的占卜師、星相家，還有熱鬧的地攤哩。然而一百多年的滄桑，如今已桃花不依舊，人面也全非矣。酒吧集中在些利街、伊利近街、閣麟街和士丹唐街，而荷李活基本上都是賣古董為多。主要是各種塑像店、精品店、古玩、玉器、畫廊、釀酒莊、外文書店、雜貨店、銅製品店……應有盡有。看一看那些古董，也叫人眼花繚亂，甚麼鼻煙壺、花瓶、羅漢、飛馬、觀音、佛祖、大象……甚至文革時期的紅袖章、領袖頭像……從細小如針的微細物件到真人比例的雕像，我們想像得出來的，有；我們想像不出來的東西，也有，反正都可在這兒看到和買到。在匆匆忙忙的有限時間裏，我們只能隨便流覽和瞭解一下賣品種類的豐富，至

於物品的來源，是一門大學問；而生意好不好、物主又是怎樣
維生的，就是另外的故事了。參觀古玩，實在也是一件令人大
開眼界、賞心悅目的好事，這是第二大感受。

　　漫步荷李活道，領略一下一百年前香港的氣氛和風情，感
覺和在中環與其他地區的快速節奏完全不同。在這兒，時光仿
佛倒流了，凝滯了。我們可以進入建於1847年的香港最早的道
教寺院「文武廟」。雖然廟的規模很小，可能不到十分鐘就可
遊覽完畢，但寺內香火很盛，濃重的螺旋形香香氣和煙霧彌漫
着整個寺院；你也可以一路慢慢散步，走到半途，會發現左側
人行道突然出現一堵牆，牆上竟然盤根錯節，一株老樹，不知
何時種植的，竟將它的根附依在牆上，好長好長，猶如莽蛇蜿
蜒，蔚成奇觀。整條荷李活道很長，慢慢走，慢慢欣賞，就好
像乘了穿梭機，回到了160年前的香港。當然，偶爾在這些古
道舊街，也會出現幾間西式酒吧，現代餐廳，多數是設計得精
緻迷你，一家有一家的迷人處，許多歐美人士，來到此地，也
意不在酒，而是為了感受和沉浸在那種緩慢節奏的舊香港氛圍
中。這是第三點感受：做了一次時光之旅。

　　下山時分，陽光弱了下去。猛回首，半山的行人電梯就好
像一條巨大的鐵甲巨龍爬向香港半山，就在那引人入勝的「高
處」匿藏着不少香港的舊時秘密和寶貝。而這「露天博物館」
的最大好處，是不需買票竟也可以給你以最大的滿足！

香港會展中心的魔力

　　香港的展覽文化，非常發達；位於灣仔的香港會議展覽中心的建立，將這一展覽文化推向更加豐富和更加繁榮的地步。

　　遠遠看上去，香港會展中心的外觀造型，就好像一個振翼待飛的大鵬，棲息於灣仔的維多利亞海港之濱。設計者設計出來的標誌，果然是一隻飛翔着的大鳥。從距離最近的尖沙咀碼頭望過去，會展中心近得仿佛伸手可觸。帶旅行團的導遊帶團時，都會對外地的遊客指指點點地說：「這就是香港回歸中國時，中英交接政權的地方。」當然，灣仔的會展中心存在的意義，不僅僅曾經有過的歷史，不是作為舉行重要會議的地點而已；而是它在香港經濟、文化上的實用價值舉足輕重。除了九

龍灣的展貿中心緊隨其後、規模小它許多之外，灣仔的會展中心，堪稱香港獨一無二的「香港展覽文化象徵」，兼具舉行展覽、國際會議、宴會、觀賞、演唱會（表演）等等多重作用。

會展中心廣場豎立有巨大的金色銅鑄洋紫荊，紀念香港的「九七」回歸。每天清晨在此有升旗禮，每年逢七•一、十•一等重要節日，還在此廣場舉行隆重的升旗儀式。也許它的地位和意義如此重要，這兒就成了中外（特別是中國大陸）遊客遊覽拍照的熱門地點，也是「香港一日遊」的重點景點、不二之選。不過，進入中心內參觀，領略一下香港富有特色的、氣魄宏大的建築，拍拍照算還不錯，中心內供人了解這會展中心歷史的展覽室圖片只是寥寥幾張，乏善可陳，不能不說是個巨大的遺憾和敗筆。不是所有香港人清楚會展中心的「演義」，更妄說外地遊客了。不能不聯想到外地的一些小縣城，他們珍惜哪怕一點一滴的旅遊資源，都能夠將一石一屋保護得好好的，把文字、圖片、影像搜集整理得完整充分。這一點，香港會展中心應該改善。

無數國際頂級的、高峰的會議在此舉行；各國首腦、總統、總理、部長出入於此中心，開各種各樣決定全球人類命運和地球前景的會議。因此，這兒，也是各國政要經常出入的場所。聽說過多次，臨近會展中心的灣仔私人碼頭，可供重要人物直接上小遊艇，駛經維多利亞海港，到斜對岸的紅磡海濱上岸，入宿海逸酒店，安全度可說達百分之二百，令恐怖分子要下手也只能「望海興嘆」！最轟動的一次，是韓國農民對會展中心的衝擊，他們在馬路上三跪九叩的先禮後兵讓香港市民大開眼界，而香港警察「魔高一尺，道高一丈」，裡三層外三層的對會展中心的保護，加上精彩的激烈的胡椒粉肉搏戰，也給香港人留下了深刻的印象。

一些演唱會，也已不讓「紅館」專美，竟移師來此舉行。此舉最是叫人拍案叫絕！紅館呈環形，舞台在中央，往往顧此失彼；舞台設在一側，場地就有大半作廢。但會展中心地形四四方方，大得驚人，後半，可以墊高，記得當年紅得發紫、事業如日中天的日本女歌手酒井法子，就曾在此開演唱會，吸引了香港許多年輕人，座無虛席。最叫人不可思議的是，像變魔術一般，演唱會一來，不知哪兒變出來的那麼多椅子，一旦演唱會結束，那些椅子好像都消失於無形似的，會場，忽然又恢復變成了展場。我們可由此想像得到會展中心的工作人員，必是一個龐大的數目。規模最大的社團慶宴、名流的子女婚宴，假如一般的酒樓、酒店地方已容不下，都會在這裏舉行，又體面又有足夠的枱數。交易以一晚數十、數百萬計，非同兒戲。更不用說一擲百萬的煙花匯演晚會，自助餐美食加上近距離觀賞，堪稱極盡口福與眼福之娛，名流富賈政客貴賓齊集，觥籌交錯，成為會展中心的盛大節日。

當然，會展中心的最值得一讚的功能是其作為展覽場所的功能。每一年在此舉行的各種各樣的展覽，種類之雜、次數之頻、週期之快、參觀人數之多、香港貿易發展局收入之豐，在世界佔據怎樣的地位我們不得而知，至少在東南亞，它稱第二，沒有人敢認第一。本人由於也是各種展覽的好奇者，常常出入其中，隨便數一數，就有書展、珠寶展、婚紗展、鐘錶展、文具展、美食展、廚具展、電器展、電腦展、升學展……舉凡成行成業的，都可以在此找到相應的展覽。某些展，不過起着宣傳、打廣告的作用；某些展，重點在批發，開拓市場；某些展，放長線，釣大魚，雖然也零售，但不是主要的。大部分展，終極目標是希望尋找更多商機，做成更大生意。在各種展覽中，貿發局將場地設計成3米×3米為一展覽單位的方式，

可謂形成了慣例。以書展為例，這樣大小的場地一週展期就要
展商繳付港幣兩萬多元的租金，貿發局除了租金，還有入場門
票之設，雙重收入，成為大贏家已不言而喻；卻是苦了慘淡經
營的小型的出版社。難怪在書展中，小型出版社漸漸淡出了展
場。香港書展最是引貿發局驕傲自豪的其中一展，主要是檔期
好（在七月暑假舉行），有一年入場人數最多，達到八十餘萬
人次。書展期間，舉家老小拉皮箱出動，盛況空前。最受家庭
小孩和母親們歡迎的是美食展，參觀者都只備一個空肚入場，
這檔試試香腸，那攤嚐嚐煎餅，此處吃一塊蛋撻，那邊喝喝鮮
螺湯，行了一圈又一圈，走出來時，除了手拎肩背大包小包之
外，肚兒也被各種美食塞得飽膩渾圓。當然，有些展覽也名實
不符，最典型的是莫過於「婚紗展」，如果望文生義，以為可
以看到美麗浪漫的婚紗處處，那就錯了。原來，「婚紗」只是
一種統稱和象徵，展的主要還是一切與結婚相關的業務，例如
酒樓（接訂婚宴）、婚紗攝影公司（接受拍照、設計舞台等事
宜）等等，如果看中，可以即場辦理手續，交付訂金等等。

　　香港的會展中心，像魔術師手中的道具一樣，變幻無窮，
集展覽、會議、宴會、演唱等功能於一身。香港會展中心作用
的多元化，以及其高度的使用率，完全可以證明香港在展覽事
務行政管理方面，形成了一套完整而可貴的經驗和文化，走在
世界前列，足以傲視同群，也值得外國一些同業學習和借鑒。
由於成功，難怪不斷加以擴建。

香港街市和圖書館

　　外地訪港的人，乍一聽「街市」，恐怕無法形成甚麼觀念或概念，尤其是「外省人」，以為香港人口中的「街市」可能就是「市街」、馬路、街道之類；經解釋或住久了，才知香港的「街市」屬於香港的特殊事物，與香港市民的日常生活息息相關。原來，典型的「街市」屬於「市政大廈」的一部份，主要包括了售賣家禽、魚肉、蔬果、生活用品、餐飲等多元化攤位，屬於政府出租給小經營者的公共場所。最特別的是，有時此類街市就設在市政大廈的下層或隔鄰，而「市政大廈」往往就設置了體育室和公共圖書館。於是有人戲稱道：樓下是賣菜的，樓上是圖書館。這確是香港的一大特色。

我們說，香港到處都有圖書館，恐怕沒人相信。怎麼我就沒有看到？不妨就先找「街市」「市政大廈」吧！原來很多地區的圖書館就設在「街市」樓上。例如旺角花園街、紅磡、土瓜灣、北葵涌等一些街道的公共圖書館就和「街市」配套，形成閱讀、運動、商業、菜市「幾合一」的奇景。港九新界的公共圖書館迄今為止近七十間，除了九龍界限街以「中山圖書館」命名之外，泰半以地區或街道命名。例如「花園街公共圖書館」「耀東公共圖書館」「沙田公共圖書館」「駱克道公共圖書館」等。這七十間圖書館，有的就與「街市」同一地址，但有的則附設於「大會堂」，例如沙田公共圖書館；中環的「大會堂」分高低座，「大會堂」甚具名氣，常有份量較重的演出，高座則設圖書館。

居住香港久了，慢慢會發現，工商業氣息濃厚的香港，其實對文化、圖書都相對地予以一定的重視。不管藏書多不多，大部分居民較密集的地區都設有圖書館，只要你是香港居民，憑一張身份證，就可以辦理一張借書證，到處都可以借書了。果真，有的家庭主婦，到街市買完菜之後，就上樓去借幾本書回來自己看或讓子女閱讀。

這種富於香港特色的設計，是早期港英政府遺留下來的本土事物，為其他城市所罕見。在中央圖書館（銅鑼灣）建立之前，有幾處的公共圖書館設備較為齊全，類似「中心」「總部」性質，一些職務較高的官員都在那麼幾個點上班，如大會堂高座的圖書館、旺角花園街公共圖書館，位於培正道的九龍公共圖書館等。多年前，在銅鑼灣建立了「香港中央圖書館」，雖然其建築物外型曾引起不同評價，但內裏大有乾坤，不能否認具有較大的實用和參觀價值。除了藏書極度豐富外，最妙的是該館採取開放式管理。假如你沒有借書證也不妨，可

以「直闖」，進到每一層的藏書庫內翻書。最「先進」的是，香港每一區的公共圖書館都是互聯的，在此區的圖書館借的書可到另一區還書。香港中央圖書館集展覽、活動、開會、講座、表演、自修、閱讀等為一身，成為香港知識分子頗為熟悉的地方。例如，從正門進去的大堂，就舉行過香港文學圖書展，作為「香港文學節」的一部分；還舉行過各種期刊展、兒童文學展、書畫展等。有時一些頒獎禮也在那裏舉行，還有名人推薦好書的儀式等等。活動室可供開會、小型講座；較為大型的演講廳，可容納約二百名聽眾，設備先進，座位舒適。中央圖書館出版訊息期刊，報道有關活動。多年來不同形式和文體的文學講座或研討會，成為推動、交流文學的重要平台，中央圖書館扮演了舉足輕重的角色。

當然，並不是每一區的公共圖書館都有那麼齊全的設備。有些區的公共圖書館設備較為簡陋、藏書也不太多，但聊勝於無。我們認為不妨再多建一些，以「平衡」已嫌太多的銀行。最叫人欣賞的，除了提供借書的方便外，香港的公共圖書館還舉辦幾個重要的徵文比賽。例如「雙年獎」、一年一度的香港中文創作比賽，與香港兒童文藝協會聯辦的「學生中文故事創作比賽」，後者已舉辦了十餘屆（目前已中止）。每一次都收到數以千計的稿件，廣邀知名兒童文學作家做評判，每一年的頒獎禮除頒獎，還演繹得獎作品，頗為隆重。香港的公共圖書館兼任推動創作的角色，這跟香港中學的圖書館似乎別無二致，中學圖書館主任並非只負責邀書商到校書展而已，還經常邀作家為學生做演講。

香港各區大大小小的圖書館泰半設立在「街市」樓上，這種現象十分特別，引起我絕大好奇。樓下，濕漉漉，鬧哄哄的，賣魚的，賣肉的，賣菜的，賣毛巾的……走出來，上另

一側的電梯，就到樓上的公共圖書館了。這兒，則是書香陣
陣，一片靜謐，形成了對照鮮明的兩個天地。我們在很多城
市，很難想像「書香」和「菜香」竟能如此「混雜」在一起。
雖然並非書架和菜攤並列，而是樓上樓下有別，隔了幾堵牆，
但畢竟是相處於一幢市政大廈之內。多數時侯，找到了「街
市」，也就找到了圖書館。最值得一提的是，有時，遇到人有
「三急」，一時又找不到茶餐廳的洗手間可以借用時，恰巧有
一街市在附近，就等於有了「救兵」。這些街市百分百必設男
廁女廁，雖然每天都有清潔工人清掃，但衛生程度勉強只可打
上六十分，卻在急時很可解決問題。只是進入街市，樓上樓下
左右前後的，有時位置未必好找而已。當你如廁完畢，突覺肚
餓，居然發現，「街市」某一層竟是大牌檔，早餐午飯奶茶咖
啡粉麵米河一應俱全，你一定會大喜過望，覺得來一趟街市完
全不白費，甚麼買菜、借書、如廁、吃飯都在半天解決了。真
不失為一個神奇的地方！

《從劉以鬯的副刊説起——
談香港文學的生存空間》
24/7/2010

文藝廊

Art Gallery

香港書展讚彈

　　每年一度，總在7月底舉行，位於香港會議展覽中心的
「香港書展」已舉辦十幾屆，成為香港七月份重要的例牌節
目。初期的「香港書展」，讀書界、輿論界都比較看好，給予
不低的評價，畢竟香港是個經濟城市、金融中心，商業氣息甚
濃；「香港書展」能在五、六天中引來七、八十萬的人流，不
能不説是一個奇跡。平均十個香港人中就有一個參觀了書展，
主辦者認為足以自傲。

　　「香港書展」是香港貿易發展局主辦的，直到近幾屆，
香港藝術發展局才加入，作為協辦者。初期，「香港書展」也
吸引了一些中、小出版商參加，大家都會説「不是為了賺錢，

而是為了賣廣告，為了宣傳。」但慢慢地發現，不值得為了昂貴的租金而賠錢，小規模的出版商也就慢慢淡出了。剩下的是財雄勢大的出版大機構。他們的出版種類繁多，資金方面又不愁，於是不單在挑選攤位位置上擁有優先權，在宣傳、推薦圖書等方面也都佔有優勢。時至今日，如果我們往展場走一走，就可以看到基本上是由好幾家大機構佔了地利。早期幾屆的香港書展，一個3×3的攤位大約是兩萬港元左右的租金（五至六天），如果一家小型的出版公司要靠這樣的攤位獲得兩萬元左右的盈利以平掉租金，那是難上加難，尤其是如果賣的淨是些比較嚴肅的文學書籍的話，更妄說賺回人工和更多的盈利了。那時有個別小型的出版社，規模算小，但主持者為寫作圈中人，作家關係足夠廣泛，於是賣書時配合作家簽名，也能取得旺場之效。後來，主辦當局唯恐這樣下去會影響人流，便下令禁止。新的規定是作者簽名處必須和攤位分開，而且距離很遠，小出版商更難生存了。

　　為了配合書展，令其商業色彩不那麼濃，有關當局配合舉辦了一些活動，其一是讀書報告徵文比賽，有時其頒獎儀式就安排在書展開幕式舉行；其二是參展的出版商、圖書公司可以推薦一批認為值得推薦的圖書。主辦機構將這些圖書集中起來，請來一些愛書人、教授、評論家、出版界名人來甄選，總數是四十種。最為特別的是最後又請一些作家、專家、愛書人撰寫兩三百字的推薦文字；這批「撰」者和前面的「選」者並不屬同一批人。四十篇推薦文字就由主辦者編排整理，出成一本「名家推薦」的小冊子。這些被推薦的書是不是全展場最好的、最值得一讀的好書？當然不能這麼絕對地說；畢竟這其中包含了個人偏好、感情因素，更受評者僅那麼幾十位的局限。但四十種書中，亦常常不乏當代熱賣之作或形成熱門話題的新

鮮熱辣剛出爐之作。到底還是聊勝於無吧！於是，這一本「名人推薦」「四十種好書」的小冊子，跟「展場地圖」索引成為每年書展入場前人人均獲派的資料了。

書展舉辦了十幾屆，情況不斷變化，只好不斷調整和改善。例如，早期幾屆，漫畫類圖書大量出現在其中，令展場「逼爆」，入場人數多無法真正體現甚麼讀書風氣。因為入場觀眾中就有一大批是漫畫迷，他們只是為了購買漫畫和有關產品。這個情況為輿論界所詬病，當局接受建議，從某屆開始，漫畫出版商參加書展，被安排遷到位於九龍灣展覽中心的漫畫獨立展。依然是萬人空巷，但與傳統意義的，以文字為主的圖書展已經一分為二、油水分明了。近兩屆的香港書展，參觀人數有增無減，主辦者錄得八十幾萬人，但入場者眾，情況與初期的漫畫捧場者多很相似。許多人分析指出，那是因為「明星文化」的「興起」。一大批不甘寂寞、不想靠刻苦的演技磨煉的年輕藝人將個人寫真照片，與寵物相伴的生活照片、旅遊感想等等結集成專書，在展場又賣書又簽名，大大吸引了大批粉絲進場捧場。書展人流劇增就跟這個情況有關。雖然明星文化也是文化的一種，明星文化也可以文化得很健康，但就所見的香港書展中的明星文化，其範疇應屬「娛樂圈」的屬性，不宜在傳統意義的香港書展分一杯羹，將香港書展弄成明星簽名場或明星與粉絲的聚會。於是輿論界指出，將「明星文化」與「漫畫」一樣從香港書場分出去，獨立另展，已是刻不容緩的時候了。否則香港書展遲早會變質，人數突破一百萬也不足奇。另一最不該的是，在工商業氣息濃重的香港，大家願入場買書已屬大好事，主辦者不該將原定十元的入場券竟提高到二十元一張。

香港書展近幾屆廣邀世界各地非華文的出版商來港參展

（闢出會展中心大會堂為展場），儘管不太可能營運得好甚至盈利，但至少提供了一個交流的平台，顯示香港這個國際大舞台的氣魄。自九七香港回歸之後，港人中的中小學生有漸漸學識和掌握簡體字的趨勢，在近幾屆的香港書展中，中國大陸一些出版機構的攤位經常「爆棚」，畢竟中國大陸的書價在港、台、大陸三地中算是最便宜的。可惜的是，近年未知何故，除了廣東、深圳、上海幾家出版集團的攤位較有聲勢之外，其他省份的竟一年不如一年（說的是攤位情況，不是出版狀況），有的，到了第二天下午攤位只擺了幾本書，不忍目睹。馬虎交差真有損該出版社聲譽啊！

香港書展再有多少不足，也是可以諒解的。一個以金融為主力的大城市，竟會出現一些人攜妻緊子全家出動，還拉皮箱來裝書的「盛景」，實在是一種奇跡，至少也可從「表面」上粉碎了香港是文化沙漠的貶言。因此，香港書展是斷不可取消的，不但要繼續辦下去，而且要辦得更好。

你好，香港國際機場

　　赤鱲角的香港國際飛機場，已成了我們最有感情的地方
之一。多少眼淚，在這揮灑；多少歡笑，在此飄蕩！幾許離愁
別緒，在此感染和蔓延；多少柔情蜜意、承諾和摟抱，也在此
默許與上演。我們夫婦，則是一年中總有幾次，離港外出，探
親、旅遊和參加各種文化文學活動，要經過此地，辦手續後搭
飛機飛往各地。

　　每一次搭飛機回港，如是在黃昏時分，就會從機艙內的視
窗看到夕陽西下後港島華燈初上，暗暗的山巒起伏有致，發光
猶如透明的圓柱型高低大廈頂端近在機翼下方，幾乎就要「擦
身而過」。地面上的燈光連綿不絕，好像舞動中的火龍，那種

燦爛璀璨的程度，真是叫人驚心動魄！回到久別十天半個月的香港，感覺總是那麼好，那麼親切溫暖。代表香港迎接「遊子」回港的，就是赤鱲角國際機場。她以她的寬敞、雄偉、宏大氣魄擁抱我們。

香港赤鱲角國際機場，不愧為香港人的驕傲！她以其完善的設備和優良的服務品質而多次獲得世界國際機場排名榜上的第一。並非因為她窗內吹喇叭——名聲在外而我們才如此喜愛她，縱然她沒有名次，我們也感覺到她的種種與眾不同。譬如，成為香港國際機場「勁敵」的新加坡樟宜機場，也是號稱數一數二的「國際機場」，她的方向指示，就遠遠不如香港。香港至少用了中英文來標示方向，即指示你如何走到各種車站、閘口、轉機、入境檢查、取行李處……那些清楚不過的方向指示牌或字樣，不厭其煩、不勝其多、不斷提醒，縱使你是一個鐵石心腸的人，也會被它們的熱心所感動。是的，沒有一個國際機場為顧客考慮得那麼周到。有時那些指示還多了日文和其他國家的文字。像香港的地鐵一樣，入口出口以及到哪裡也指示得清清楚楚。而新加坡的機場，就只有「英文至上」，中文嗎？對不起，欠奉！真是愧對其本國70%的新加坡人（不是大部分都是華族嗎？）。在香港，外地來的遊客，只要稍微懂得中英文，就不怕迷路。一個首次離港外出的、文化不高的香港人，只要循着指示牌一路走下去，不難到達被規定的上機閘口。

氣魄宏偉，設備優良是香港機場的最大優勢。香港國際機場的建造樣式，從高處俯視，那些登機閘口的佈局，就好像一架真正的飛機軀幹，機翼身旁有許多小門（即閘口），非常微妙。機場屋頂呈現波浪形，頗有新意。想當年有人在赤鱲角機場的建造上就撈了不少油水，但畢竟也為香港的國際形象爭取

了不少分數。客運大樓有兩座，一號和二號；從一號客運大樓
到二號客運大樓有通道連接。接機主要在一號客運大樓。接機
（入境）和送機（離境）都在一號大樓，分上下兩層。分得很
清楚。最妙的是接機處很寬敞，分A口和B口兩處，由於出口
不多，不至於像其他某些國家機場一樣出口太多，往往接不到
人。接到親友之後，如果需要馬上轉到內地，可以馬不停蹄地
推着行李慢慢地從接機大堂走到二號客運大樓的內地交通服務
中心，旅客可以在這裏查詢、買票、候車和上車，非常方便。
這種「一站式」的交通服務，也構成了香港國際機場的優勢。
這裏有客車也有轎車，有好幾家旅遊社在競爭，班次頻繁。往
市內的機場快線車站也在二號客運大樓。還有機場巴士、的士
站、旅遊車總站，也都在二號客運站外面的廣場上。值得一讚
的是機場大巴士，排列得井然有序，到新界、九龍、香港島各
區的都有，指示得非常清楚。到機場搭飛機或遠遊歸來，抵達
香港，假使行李不多，乘這類專線巴士，只需十幾至二十幾元
的消費。香港機場到各區的交通網絡，其類型之多元，乘搭之
方便，班次之頻繁，香港稱第二，世界上沒有其他國家敢稱第
一。

　　再看搭飛機。各個航空公司的櫃檯，從A到J，字母好大，
指示也一目了然。各櫃檯前排着隊伍，有時沒有機場服務員，
次序也非常良好。服務台的辦事員態度都是一流的，不但有令
人舒服的「職業笑容」（看了也很舒服），而且彬彬有禮，態
度溫和，顯然都是訓練有素的，考慮到了香港乃國際性大都
會，稍微不慎，都會造成負面的國際壞影響。再者，離境大堂
的座位也非常足夠，可讓一些送機、將搭飛機的親友坐下休
息，談話。

　　說到氣派，香港國際機場的登機閘口非常多，有些要乘

車，不然太遠。但是，登機服務也都安排得很好。有時遇到刮颱風或天氣惡劣等非人力所可以掌控的意外因素，飛機推遲起飛，指示牌也會有顯示。有關的航空公司盡力做了妥善安排，我想至少也比不少國家城市的飛機場好。記得二零一一年六月份，我們要飛到鄭州，因為暴雨，當天中午起飛的飛機延遲七八個鐘頭到晚上才起飛，航空公司就為我們所有滯留在機場的乘客在指定餐廳安排午餐，品質不壞。

安全快捷，手續簡便，也是香港機場的一大優點。舉個例子：我們離境入境，既可以經過海關人員通道，也可以採取自助形式，用智能身份證入卡形式通過關卡。回到香港或外來遊客抵港，等取托運行李，次序也是我在東南亞所見情況最有次序的。一是載行李的小推車數量很足夠，二是安全，一般沒有偷竊一類事發生，連檢查人員也不怎麼檢查托運行李的小票就放你通行，完全和在中國大陸和海外城市不同，可以推見，一向安全度很高，以致有此。

香港赤鱲角國際機場是現代化程度很高的國際機場，完全和香港這國家大都會的繁華與節奏相適應；當然，她也是叫我們魂繞夢想的地方。尤其是送我們子女負笈外國、內地以及接他們學成歸來，機場，就成為他們人生命運轉折的地方。也許各個機場都有着相似的故事，不相同的是香港人的拼搏精神，造就了一個很了不起的世界一流的國際機場，為香港的旅遊業大大增加分數。

香港國際機場，作為香港的代表性建築之一，也因此當之無愧！

香港現代化標誌──港鐵

　　在寫香港的種種風物、景點、設施時，忽然想起香港地鐵（港鐵），差一點漏了這非常重要的一章。尤其是在寫了香港的赤鱲角機場之後，不能不寫香港的地鐵。如果說香港機場的現代化措施和管理堪稱世界一流的話，那麼，香港的地鐵，其與外地遊客、香港居民生活息息相關的程度以及其種種現代化的措施，都是值得一談甚至大談特談的。如果說，香港地鐵，也是為香港旅遊增值的大功臣之一，完全不誇張。尤其是近年，我們經常在地鐵內，看到大陸和歐美的遊客，成群結隊或

三三兩兩地出出入入，就可明白，地鐵名副其實地充當了一名「無言的導遊」，指示着外地遊客奔向港九的四面八方。地鐵內有明確的方向指示文字、貼有該區方圓數十里的地圖、各個出口可以通向甚麼地方，也都寫得十分清楚。

香港地鐵值得介紹之處很多。設在地面上、馬路上的地鐵標誌，遠遠就可以看到，實足稱道。先說一些軟性和有趣的：譬如，與朋友約會，或與三五好友出發探親訪友，或假日遠足，地鐵站就成了很恰當的集合地點。「在恆生銀行門口等，不見不散」，已成了香港人的口頭禪。原來，幾乎每一個地鐵站內，都有、而且只有一間恆生銀行，確不會搞錯。再者，自從有了地鐵，親友之間，交接文件、物品，都喜歡取道雙方地理位置的中間、用在地鐵「不出閘口」的方式處理，既公平合理、也較省交通費，且方便雙方。不少地鐵站都設有郵箱，每天上下班出入地鐵，沒有機會在路面上行走，在地鐵內照樣可以投郵。最妙的是，地鐵的不少重要大站，也成為好幾家大公司爭奪宣傳輿論陣地的場所。晨早，有專人專門向乘地鐵上班的白領階層派發好幾份不同的免費報紙。不願花錢買報紙的寫字樓文員也樂得乘地鐵，在比較長途的地鐵車程中，匆匆讀完每日的新聞。地鐵站內有限的商店「安排」，求精不求多，幾家著名的麵包店、健康工房、通宵店都非常合適地售賣日用品、報紙、食物給在地鐵匆忙出入的乘客。當然，有的地鐵站，連接着大型商場，像美孚、荃灣、九龍灣、沙田、金鐘站等等，人流驚人，生意也極旺。香港地鐵站當然也有不足之處，各站基本上沒有廁所。經過一番檢討，也只能做有限度地改善，只是在個別幾個站增設，對於問題的解決，無甚大幫助。這一點就不如日本東京的地鐵，雖然他們地鐵設施已經非常殘舊，但每一個地鐵站都設有廁所（化妝間）。地鐵車程比

較長，車站如果設有廁所，就比較人性化了，也屬一種文明的標誌。

說過香港地鐵的種種「軟件」，再看看「硬件」吧。

先看售賣車票的設備。目前在各地鐵站，都有自動化的售單雙程的售票機。這種售票機的指示也非常清楚，附有地圖、站名、價格，只要是懂一點中英文，都可以操作。如果是準備在香港逗留一星期以上的旅客，就可以到票務處買一張八達通使用，長者優惠半價，非常方便。使用值用完了，再來增值。如此一來，就不必有乘車時沒有準備零錢的狼狽之慮。

再看看上下地鐵的設備。一般來說，長距離的、非常高或深的，上下都有電扶梯乘搭，問題不大。某些站，還要走非常遠的路，才能到達月台乘車。還有，有的目的地，必須轉好幾次車才能到達，也需要時間；車資總的來說，並不便宜。如果說地鐵非常快捷、從不必有塞車之慮的話，那麼，乘地鐵，有時候也要走很多的路，年齡稍大的或不良於行的，乘地鐵就未必合適了。但就一般情況來說，如果帶着大行李，除了大部分地鐵站有短短的階梯，不太適合拖拉較重的行李外，其他的上落工具，除了斜斜的電扶梯外，從大堂到乘車的月台，上下還有升降機可以乘搭。這一點為乘客設想得非常周到。另外，陸續有些站已加建設施，幫助坐輪椅的乘客上落地鐵站。

香港的地鐵通車於七十年代末期，發展得非常快。早期只有港島、觀塘和荃灣三條路線，經年發展下來，一張地鐵圖在手，看得我們眼花繚亂。可以說，目前基本上已經沒有甚麼重要的地方是港鐵不能到達了。連接着輕鐵，還連接着原先的九廣鐵路，香港鐵路已經是無遠弗屆了。堪稱四通八達，條條通向你想去的目的地！以住港島為例，想去馬鞍山，過去要乘專門線路的巴士，但現在可以從金鐘乘地鐵到旺角，轉車到九

龍塘，再轉車到大圍，再轉車乘馬鞍山線，就可以到達馬鞍山
了。打開地圖一看，線路標了好幾種顏色，計有迪士尼線、東
鐵線（往羅湖、落馬洲）、港島線、觀塘線、馬鞍山線、將軍
澳線、荃灣線、東涌線、西鐵線。另有機場快線，在屯門區，
還設有輕鐵。黃埔線也完成了。以前九廣的火車在香港的終點
站在九龍的紅磡，現在已可由紅磡乘西鐵到尖東，為尖沙咀的
乘客或從內地來的遊客，到火車站或到尖沙咀方便了不少。像
蜘蛛織網那樣，香港的鐵路慢慢發展成一張五顏六色的蜘蛛
網，將香港的交通推向一個空前發達、先進、現代的階段。

　　香港地鐵的管理，也比較完善，值得稱道。乾淨、富有秩
序、少有喧嘩、不准抽煙、吃東西等等，乘客都能嚴格遵守。
每天都有專門清潔工打掃衛生；列車月台在人流高峰的上下班
時段有義工和員工維持秩序；列車內講話聲不大；沒有人敢挑
戰香港條例，抽煙、亂丟東西。發生在地鐵的罪案相對來說也
比較少。

　　香港鐵路已成為本地和海外旅客最好感的交通措施之一。
幾度選舉，都列入香港的十大建築設施。當你在鐵路大堂猶豫
不決、焦急不安、失去方向感的時候，往往就有站內的義工悄
悄走向你，問你有甚麼困難，要去甚麼地方，她會很快為你指
點迷津。似乎不值一提的小事，頓然為香港旅遊業大大增分。

龐然大物説巴士

　　在2008年北京奧運會的閉幕式上，接棒主辦下一屆奧運的英國，將英國的「招牌」和特色通過幾個富有代表性的人物和幾種事物表現出來，在全世界千萬雙眼睛的注視中，但見場上出現的竟是一架改裝了的大巴士，有關演員就在車子的上層表演。老香港可能不覺有甚麼奇怪，對香港歷史不太熟悉的人，至此才恍然大悟：原來香港馬路上的巴士，來源於英國。

　　對香港好感，其中一大原因是對香港交通的四通八達好感，而交通中，我對香港的大巴士又最為好感。香港巴士寬敞而容量大，與民生有着親密的關係。香港除去地下（地鐵）奔走的，海中（渡輪）航行的，陸上的專線小巴、的士、電車和

大巴中，可以説大巴的乘客人數占了一大比率，收費除了電車長短途都收二元外，較便宜的就是大巴了。

行走在香港、九龍、新界的大巴士，幾乎都是兩層式的。近年來我們見到有單層的，類似日本所見到的巴士，但一是數量較少，未見普及；二是它只見行走於個別專線，不成氣候。大部分巴士還是那種雙層的龐然大物。此類巴士內部設計非常講究。底層和上層的設計不同：上層一排一排的兩人座位，分成兩邊，兩列車窗可以盡覽街道風景；中間一條通道供乘客走動。以前的座位是一邊三人的，另一兩人的。由於三人座位大多變成兩人座位，沒多少人肯在炎夏中汗貼汗地肉體接觸，成為「人肉三文治」，這種設計也就慢慢地被淘汰了。下層，常見的設計分為兩種：一種，乘客坐的方向都是朝行駛前方的，後面只有四處座位，與前進的方向相反，成為極少人願意坐的「黑座位」。因為有人不習慣「倒行」，生怕頭暈甚麼的；或者巴士突然刹車時，會與對面（與前進的方向一致）坐着的乘客跌個嘴對嘴或摟滿懷。另一種，下層幾乎沒有兩人座位，全都是向着兩側車窗的三四人座位，有點和地鐵車廂座位設備一樣，只到後面的車尾，才有面對前方的相對和相反的座位。最妙的是，最好的設計，還備有「鎖定」一個或兩個供殘障人或長者所坐輪椅的位置，使輪椅不致滑動，令人感到非常人道和溫馨。還有，為乘客設想得最周到的是下車的按鈴，在力所能及的地方按上了無數個，讓乘客無論坐在甚麼角落，無論坐得多遠，都能提前按鈴，通知司機有人要下車。設備齊全的大巴士，在司機的左側上方，還可以有電腦打出下一個車站的站名，提醒您不要忘記下車。如果您一時忘記上車前已經在車站看過的路線表，忘了該在哪兒下車，不必洩氣，車上的右側壁上，大部分都會貼上一張同樣的路線表供您參考。如果很擔心

巴士錯過了您要下車的車站，不妨向司機事前打聽清楚，您要去的目的地應該在哪一個站下車。司機一般都會很耐心地解答您的疑問。

香港大巴士，外形猶如一個長方形的龐然怪物，奔馳在香港的大街小道，很讓人驚奇。住久了的香港市民當然不會覺得特別，外地旅客就會產生新鮮感。香港滿街店鋪橫出來的招牌、廣告、郊區的路邊樹木，有時就和巴士「擦身而過」，真是驚險百出，叫人驚出一身冷汗。幸虧司機們都是駕駛高手，有時看看在狹窄的馬路上左拐右彎，眼看幾乎已不太可能，也被他們高超的技術輕輕化解，皮毛不損地昂然過關斬將，一時突然在紅燈前剎車，一時又巧妙避過對面猛然開來的汽車。看載一百多人的雙層車，司機負載着一百多條生命死活，不是開玩笑的。難怪發生「泥石流」事件，或路面塌陷，一滾下山崖就是一百多條冤魂，算是頭條的大災難。取得大巴士牌照也就要特別地另考。令人欽佩的是大巴司機如今有不少是女的，她們堪稱駕馭龐然巨獸的巾幗英雄，不讓男司機專美。最幽默的是巴士由於體積太龐大，在空間佔有的面積也相對很多，為廣告收入開拓了有益的可能。不時見到電影、商品、演唱會的廣告佔據了整輛車子，大得嚇人。那等於是「能走的立體廣告」，其效力肯定很大。有次，我們見到不知出諸誰人之手，車窗下，竟繪有一個一個端坐着的、沒有頭部的人身，頭呢？就是乘客們的頭了。遠觀起來猶如一幅搞笑的移動漫畫。這一幅有趣的圖案，可能是哪一個畫家的惡作劇，卻成了一幅香港城市很有特色的「風景」。

如果説文明城市的交通設備都是為市民着想的話，港九的巴士算是做到十足了。車子嚴格按照時間表開車，哪怕沒有人或只有您自己一個人，也都照開，這是我們最欽佩之處。本人

所住的黃埔區，就有兩個巴士總站。有幾條線乘客一向很少，例如到天水圍、元朗、將軍澳等等地區，都不是熱門路線，但它們為市民服務，已有好多年了。有的線路要虧，有的線路可賺，互相貼補，才是做生意之道啊。外地朋友盛讚，香港，只要能到的地方，都有相應的巴士去到。這一點説得都沒錯。真的很發達。像機場專線，很多國家的城市，都沒有大巴士可乘，香港不然，機場外，有巴士站。去哪兒的都有。假如行李不多，又是單槍匹馬，乘這種專線，省錢又不慢。

香港巴士還有很多優點。一是停的站有的多，有的較少。多的，每個站距離不遠，哪怕下錯車，也毫無損失，大不了再搭同線路的，或乾脆步行；不像搭的士，壞司機有意欺你、兜圈玩你，十幾二十元就被他白白「合理」騙去。站多，為你提供較多選擇，並非要搭的士不可。少的，車子車速很快，不會比的士慢多少。二是，車資便宜，像紅磡到天水圍，搭巴士只需十六元，如果是搭的士，必然逾百元，銀碼簡直是成好幾倍計算。如果不趕時間，乘巴士也是很好的游車河活動（有無蓋旅遊觀光巴士呢）；車子在平穩的路上行駛，讀書看報都會在不知不覺中消磨掉漫長的時光。

在上下班的黃金時段，大巴士如是熱門路線多數爆滿。上面的乘客排排坐，整齊無聲，好似經過訓練；下層的乘客多數站着，只有少數坐的。乘客也總是那麼靜乖，站得井然有序。前面的門讓乘客上車，中間的門讓乘客下車。站在門口的乘客多數會自覺地讓開，讓其他到站的乘客下車。很少見到為擁擠而爭吵的情形。香港乘客唯一的不足是講話、講電話的聲量太大，無視他人的感受。乘客少時，如遇上寂寞阿叔，找你説話，也有你的好受，耳朵難得清靜。其他，都蠻好的呢。應頒獲一項「服務市民大獎」！

風涼水冷電車遊

　　2009年4月，香港九倉和法國威立雅交通公司共同宣佈一
則消息：九倉以10億2千7百萬港元的價格將香港電車一半股權
售予威立雅。本來任何交通企業引入外資十分常見，而且這家
法國公司在全球28個國家有着龐大的交通網絡，近年更進軍中
國大陸十餘個城市發展其交通事業，不需要有甚麼擔心。問題
是香港電車在香港已擁有105年的悠久歷史，成了香港居民和
電車文化發燒友的「集體回憶」。他們擔心的是，外資公司不
僅有股權，而且有着甚大的掌控權和日常營運權，一是提高車
費，二是改變電車外觀，三是在管理上大幅度捨棄舊日色彩，
令懷舊味道完全消失，「香港古董」變成「法式大餐」。

　　然而有關部門發言人認為不需有任何顧慮，售股權只為一些革新之計，並非看錢份上。以2008年一年營運成績來看，車資收入為1億5千萬，廣告收入為5千萬港元，盈利僅為200萬。這樣的營業額和純利，會否令營運者意興闌珊、心灰意冷，索性讓他人去管？不得而知。但恰恰這一點，令它作為目前全世界最為超值的交通工具，大受香港居民的歡迎。

　　一個世紀的生存，始終沒有被時代快速的步伐和交通工具的日新月異所淘汰，電車，成了香港的一個奇蹟。哪怕是放諸世界的交通史上，也是值得研究的，有着不低的歷史文化價值。1904年7月30日當香港電車有限公司成功（公司成立於1902年）開出第一部單層電車時，有誰想到，到了冷氣地鐵在地底下呼嘯奔馳時，它還在香港島的電車軌上「叮叮」地不絕於耳呢？1912年雙層電車投入服務；1965年電車曾一度拖卡；在1980年曾有兩度將新古董車派上場（分別為28號和128號）。香港電車軌全長約30公里，沿途共有123個站，平均約250米就設有一個。電車站除了設在路中央的沒有建站蓋外，大部份已經修整得可以擋陽遮雨了。目前在行駛中的電車有160輛，其中最古老的一輛編號為120號，它的第一次行車在1949年，年齡到2009年已有六十歲了。這才是一個真正的行走中的古董。車內的設計，包括座椅、標誌、車窗、燈飾等等都保留原來的特色，原汁原味。許多電車迷以能尋覓到和乘搭上120號電車為一生樂事，不枉在港島生活過。你不妨留意電車正面頂上的編號，看到「120」萬勿猶豫，趕快上車，登到上層，坐在風涼水冷的車窗旁，時光或會徐徐倒流，塵封了的心底陳年舊事，六十年來不斷變遷不斷轉換的街道風景便在眼下展開……這，也只需要兩元車資而已。

　　目前香港電車總共有六條主線，即：銅鑼灣至堅尼地城、

北角至屈地街、筲箕灣至上環街市、筲箕灣至跑馬地、跑馬地至堅尼地城、上環街市至堅尼地城。其行車服務時間從清晨至午夜十二時，服務的員工有700人。電車行車速度比較緩慢，每小時車速30至40公里。它在西環屈地街有個總站，在屈地街和西灣河設有車廠。到目前為止，據說香港電車已有六代，當局有意設計電車遊，並將六代電車以博物館形式重現，相信對香港旅遊業的蓬勃發展有幫助。

乘搭香港電車的人流，平均每日為24萬人。比諸冷氣小巴、大巴、地鐵，數目當然是少得多，且乘客偏于年齡較大的。其之所以沒有被新穎的交通工具所淘汰，沒有被「弱肉強食」，乃因其本身有許多不可替代的優勢；當然其局限性也不是沒有，車程僅限於香港島，又只是堅尼地城至筲箕灣而已，但卻是港島的主要交通幹線，即途經筲箕灣道、英皇道、軒尼斯道、德輔道中、德輔道西、堅尼地城海旁等。大大方便了沿途的居民、白領上下班和出門購物。

香港電車的第一優勢，不用說是超值的車資。目前成人二元，老人和孩童減半。整輛車只有一個司機，上車只需通過一個閘門即可，下車是在前門，下車前要記得付錢。可以投入二元硬幣，也可以用八達通「拍」。這樣便宜的車資，是不論遠近的，來回不過是四元。尚需接駁，也不過是加倍。但換上冷氣巴，一趟就要四、五元，地鐵更貴了。香港交通費之昂，令香港打工階層感到不勝負荷，住在新界的，到市區工作，每天花三十至四十元並不奇怪。香港電車的車資自然就令人十分欣賞了。優勢之二是其節奏、速度相較其他交通工具緩慢得多，但也穩定安全得多。比較起小巴的瘋狂亡命，大巴的龐大擁腫，電車的事故甚少，從來只是為紅綠燈所控，而無塞車之憂。因其穩定行駛，顛簸幾無，又不必如入地鐵站到月臺要走

那麼多路，很適合長者及慢節奏的市民乘搭。優勢之三是古董電車大部份還保留木椅，設計雖陳舊但親切，上層因車速慢而都將車窗打開，夏天乘坐十分涼爽。

電車最大的優勢則是為你提供了慢慢觀賞沿線兩邊街景的最佳工具。這是為其他交通工具所難以做到的。通常訪港的外客，因時間匆匆，悶在拉了窗簾的旅遊車內甚麼也看不到；但以電車游車河，恐怕不需要半天，已從西環到筲箕灣逛了一遍，且將街景看得一清二楚。讀到一位電車迷寫的「電車之旅」，興奮地錄下沿途所見的不同類型的店鋪，如數家珍達四五十間，不能不驚歎他的認真和沉迷程度。

「叮叮」之聲，已融入香港人的生活中，成為一種集體回憶。任何舊的東西當然未必都有保存價值，但香港電車擁有105年歷史，其中的變遷和滄桑，都成了香港歷史的見證，那是可貴的文化積累和沉澱，是不好讓它隨風消逝的。「叮叮」之聲，隨着「世遺」文化的日益被重視，相信今後仍可傳遍香港的大街小巷吧。

維港上的渡輪

　　香港的交通四通八達，可謂除了海、陸、空中的「空」之外，真正的是海陸並駕齊驅。大巴、小巴、隧道巴、機場巴、地鐵、各類輕鐵、的士、電車、渡海小輪等。其中渡海小輪的存在和保留，最有代表性，最為人所稱道，成為香港的一道美麗的風景線。如果說，維多利亞港是香港最大的地標的話，那麼在這海上穿梭往來的渡輪，就是最有生命力的，充滿動態的風景，十足成了港人的共同記憶。

　　天星小輪在維港的航行，早於1888年就開始，比香港電車在1904年的行駛早了十六年。我們如今在一些碼頭的候船處，可以看到櫥窗內陳列着不同年代的天星小輪，令人感到在百年

時光的流逝中，維港上小渡輪的悠長和充沛的生命力；也令人想到，香港渡輪和香港電車一樣，是香港交通史上最叫人懷念的交通工具，有着其保存價值。而其得以保存，是香港特區政府明智的決策之一。

香港的天星小輪，由最早的僅四艘的單層的燃煤小輪，發展到今天共有十二艘的雙層的內燃機渡輪。雖然渡輪的外形、設備、構造都比較簡陋，但那可以「轉向」的木靠椅、磨得光滑的木質地板、透明的用於擋風遮雨的塑膠布，上層的兩面通風，下層的「嘟嘟」馬達聲響，以及船頭密封視窗內的陣陣舒適冷氣，都令人感到親切。它的毫不豪華是與渡船資的廉宜相襯的。尤其微妙的是，因為渡船者多數要往返，兩邊碼頭的閘口只在一邊收款。維港的天星小輪，載客量不容小覷。據悉，平均每天搭乘者多達7萬多人，每年承載量竟高達2,600萬人次，委實驚人。

在香港和九龍的交通工具日新月異，一步步現代化的年代，維港的小輪為甚麼還能存在，並且受到市民歡迎呢？究竟它有甚麼好處呢？

首先是船資之便宜，遠勝於過海隧道巴士或地鐵。一說到過海，後兩種交通工具每程至少都要港幣九元、十元以上。小數怕長計。因此鄰近北角、紅磡、九龍城、灣仔、尖沙咀、中環這些有碼頭地區的上班（尤其是白領）族，仍對渡輪十分捧場。船資廉宜，兩邊碼頭對碼頭，比較直接，不像一些過海隧道巴士要繞那麼大的圈子，除了遇上塞車浪費大量時間外，沿途要停站，令行車時間延長，在路上的時間不易估計。不像乘搭渡輪，不但開船時間固定，一分不差（通常上下班的高峰期航次較密），在海上不存在如塞車那樣的「塞船」問題，時間上可以較準確地估計和掌握。

其次，節奏比較悠閒和緩慢。碼頭對着碼頭，中間無「站」。乘搭者大部分都是老乘客，除了朝九晚五（六）的白領階層外，還有就是不趕時間的外出者。船次比車次更準確固定，在海上行駛感覺上較慢，不像車子開得那麼快、急，中途不斷停站，下了一批乘客，又上來一批乘客；有時車廂內人擠人，一身臭汗；有時混亂吵架，尤其是炎炎夏日，人一多就不那麼舒服了。但搭渡海小輪就沒有這樣的問題。輪船無論怎麼擠也決不會像巴士那樣，也沒有悶熱的問題。搭渡輪的最大好處就是海風徐徐拂送，在夏天裏搭乘最為適合，而那緩慢的節奏最適合不趕時間的市民搭乘。參觀七月書展，農曆新年向親戚拜年，搭維港渡輪都是最佳選擇。

其三，它是觀賞維多利亞海港的最佳選擇。我們和外來的遊客，平時只在星光大道、尖沙咀碼頭、紅磡碼頭等海濱觀賞維港風景。尤其是喜慶節日煙花匯演的夜晚，大量人群都在兩岸觀看燦爛夜空。最妙是在夜晚買票乘上了夜遊輪，又吃又看地「遊船河」，飽覽維港夜晚風景。平時的日子，有親戚朋友來港旅遊探親，帶他（她）們乘搭渡輪，觀看海景，欣賞港島沿岸景色，就不失為最經濟的遊覽活動了。

還有一個元素使香港市民對它不捨不棄。這主要是它的悠久歷史，伴隨了至少兩三代人的記憶，也滲透了他們的感情。從造型簡樸、叮噹聲悠揚的電車，到具有香港特點和色彩的渡輪，都不能不說是香港碩果僅存的老式交通工具。特別有意味的是，因為交通線路的多元化，交通工具的現代化和多樣化，渡輪的乘客雖基本固定，但亦顯得日漸減少，因此除了尖沙咀對中環一線開到午夜十一、十二時外，紅磡至北角、紅磡至灣仔、中環往返線也僅到傍晚七時許就停航。從這時間的縮短可以看到，白天的乘客已以白領階層為多，越來越少人使用了。

尤其是九龍城碼頭的航線，人越來越少。碼頭白天一片靜寂，與熱鬧的地鐵成了鮮明的對比。

雖然如此，我們依然希望維港的渡輪（不管哪家渡輪公司），像電車一樣，成為永遠的保留節目。畢竟，它除了是十足十的交通工具之外，還是一種香港式的生活情調。搭一次渡輪，從這個碼頭到那個碼頭，往往不過是十幾分鐘到二十餘分鐘，但讀幾頁書，拍幾幀以海作為背景的照片，翻一翻報紙，看一看海景……等等都可以進行得從容，遠勝在其他乘客較為擁擠的交通工具上。據說以前在上海的黃浦江上也有十餘條渡輪航線，但自從在江上建起大橋，「渡輪文化」漸漸衰落了。在中國江南水鄉，如烏鎮、同里等小鎮，正因為仍有着那些小舟而風情倍增。一個城市、小鎮有山而沒有水總是令人感到不足的，太「乾」。香港有維港，帆船捕魚不載人，乘客過海就靠渡輪。這是唯一的「水路」。其餘全是陸地上的工具了。因此，如果說，維港是一條項鏈的話，渡輪就是這條鏈上最亮的寶石了！

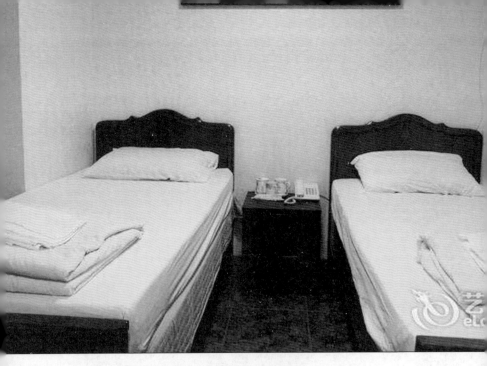

從劏房到賓館

　　2011年11月30日凌晨九龍旺角花園街發生四級大火，造成九死三十多人受傷的慘劇，損失慘重。事後，有關當局和市民們熱議造成這次災難的「元兇」，乃是住房太擠迫所致。當時居住在該區二十多年的一位女居民對此有生動的描述，她說：「之前呢度都知有好多劏房，本來都是一劏五，依家誇張到一劏十，不時有好多少數族裔，同內地孕婦租住，令到棟大廈混亂，逃生就更加困難。」另有一位記者在花園街現場附近調查觀察，報導了「有多個劏房大廈」的特別驚人情景：一棟僅有三層樓高的舊唐樓，地下門口就有超過十多個電錶箱，甚至同一個信箱也細分為多個姓氏，顯而易見，是劏房極多的蛛絲馬

跡。如果我們在這類唐樓、舊樓外面靜觀半日，就不難發現，樓下門口不時有陌生人出入；牆上貼滿了劏房和板間房的出租招貼，大廈門口牆壁的鋼筋外露，牆皮脫落破裂，電錶交錯雜亂，再慢慢走上去，會發現走道、樓梯常有許多雜物堵塞、燈管欠缺……一切令人觸目心驚，一旦發生火警如何逃生？號稱「東方之珠」的香港又為何會有此類情況？

「劏房」的存在反映了現代化的香港在住方面存在着嚴重的問題。香港「萬」金尺土，樓價一向高企於世界大城市前列，目前樓房貴得更是叫民眾「望樓興嘆」！一個大學畢業生要「立業」相對來說不難，但要「置業成家」不易，單是首期，就至少是個百萬數字。因此，不少中年人，尤其是那些單身人士，收入的微薄令他們買不起樓，又不符合申請公屋的資格，他們只好租那類劏房住，這樣一來，就導致劏房租金越來越貴，一個單位的劏房夥數也越來越多。一旦火警，生命和財物的安全就完全沒甚麼保障了。這正是花園街後災的嚴重警告。

「劏」是香港廣東話的習慣用語，譬如「劏豬肉」就指「橫切、生切豬肉」的意思，我的理解，帶有「硬生生」的意思。香港的樓房本來就已經很狹窄、一般人住得很擠迫，再將已經夠小的樓房「劏」成七八間或十幾個單位，那種狹窄的程度，不必再描述，憑想像也已經可知一二。它們不過是香港五六十年代的「籠屋」的變種而已。曾經有過一部以《籠屋》命名的電影，反映了香港「住」的陰暗面，還獲過獎。劏房通常只擺放一張單人床，了不起還放一張小到不能再小的四方枱，有的僅是床，主要供單身漢晚間睡覺而已。至於沖涼梳洗兩解甚麼的，只好十幾戶共用一間，也小到不能轉身，還要排隊輪候。香港的劏房主要集中在人口密集以及經濟收入平均較

低的住宅區，例如，旺角、深水埗、土瓜灣、九龍城、荃灣、官塘等地區。

話說回來，香港「劏房」一旦「現代化」，就搖身一變成為香港九龍的「賓館」（也有的稱為「酒店」）。在世界其他一些城市，家庭式的旅館，稱呼多有不同，格式特點也有別。例如，在台灣的金門、中國大陸的鼓浪嶼，稱為「民宿」，基本上是由居屋改裝。在金門，多利用古厝、民居，都建在地面上的，因為空間較大又往往包了早餐，很受歡迎。金門當局管理不錯，也非常鼓勵，目前整個金門島發展到四十幾家。其收費和大酒店不相上下。香港的民宿稱為賓館，而從不稱為民宿，也許的確少了一點家庭味和人情味。一般是由千餘到兩千尺的住家改裝，說實情，也是從「劏房」得到了靈感，將一個住宅單位「劏」成七八個甚至更多房間，供遊客租住。在「化一為十」的精神這一點上，劏房和賓館相似，但經過改裝和美化，其間已有很多不同：其一，賓館多在尖沙咀、佐敦道、銅鑼灣、彌敦道等熱鬧的市中心地區比較像樣的大廈內樓上設立，絕少在唐樓上，百分百都有電梯；其二，賓館的裝修比較漂亮講究，也清潔衛生；其三，賓館的房間多數也設有套房，將小小洗手間也設在房間內；其四，賓館的住客對象是外地的遊客，一般是按天計租金，少數才是按月包下。其五，賓館不但有提供單人住的單人房，也有雙人房，可供夫婦遊客租住。相同的是，每一個房間都狹小迷你，空間有限，絕少擺得下大寫字枱。

香港的賓館行業目前發展如日中天，經營者大不乏人，其中還有不少是南下的新移民華僑經營。為甚麼此類與大酒店完全不同的劏房式賓館有條件在香港生存，還蓬勃發展呢？這也是拜香港酒店租金長期高企所賜。香港的酒店，租金之昂貴，

排在世界前列，和幾個大城市如東京、雅加達等並列，而且其價格是隨着旅遊的淡旺季浮動的，以一般的水準來說，平均最低都要在800元到1000餘元，當然您有錢住2000元到4000餘元以上的也到處都有。在尖沙咀近佐敦道一帶的幾家酒店，一個房間在淡季約900餘元，一到旺季就漲價到近2000元。「坐地起價」得非常厲害。香港這麼貴的酒店租金，簡直將東南亞生活水平較低的幾個國家的遊客嚇壞了。譬如說印尼的華人吧，做大生意的當然沒問題，但一般做小生意和打工階層的朋友，讓他們住進動輒一兩千元一夜的大酒店，他們就感到不勝負荷了。我認識的不少朋友，他們每個月的薪酬只有港幣兩千多元，他們如要在港住幾天大酒店，就非要在印尼拼搏大半年不可，還需要其他費用呢。難怪，香港的劏房式賓館大受歡迎！許多華人來到香港，都屬匆匆的過境性質，要不然他們就跑到深圳，那兒的酒店，有的百來元到二百元就有找哩，既可省出一大筆租金，又可遊玩購物。

遇到香港有甚麼展覽，或遇到廣州、廈門舉辦交易會，香港的外來者也會突然暴增，酒店和小賓館都會隨着絕早爆滿。您想委屈自己住在劏房式賓館也只好望樓興嘆。因此賓館也要預早訂下，以免向隅。香港此類賓館，單人房從300元到500元不等，雙人的從400元到600元不等，的確便宜很多。只是，那麼小的空間，遊客們白天肯定是呆不住的，都會出外行街購物，不是絕好的休息地方，和外地毗鄰青山綠水、看得到日出日落的度假屋簡直是「天上人間」的對比境況呢。但只要防火設施妥善，安全第一，香港的賓館何嘗不是在為香港旅遊業作出一份貢獻？還是有必要肯定的。它們也已漸漸為旅行社所採用，樂於掛鈎。

三急在香港

　　據悉香港早有「廁所協會」，唯少見有活動報道。「世界廁所協會」遲至2007年11月22日才在韓國創立。一位叫沈在德的韓國人，因在推廣廁所文化方面不遺餘力而被選為「廁所先生」。該組織統計，目前世界上沒有夠水準的廁所使用的人多達26億，而改善世界各國廁所設備的預算，金額約需100億美元。看來很多，其實只佔世界軍事開支總額的1%。

　　提起廁所話題，總有人認為不能登大雅之堂。其實，一個城市的「廁所文化」，不但關係到人的「三急」，而且標誌着該城市（或國家）的文明和先進程度。像日本就是一個明顯的例子。縱然其廁所文化在全球不能排在最前列，至少在亞洲

必然居冠。在他們各大城市、小鄉鎮，廁所都是非常乾淨的。與香港的最大不同之處是，他們的地鐵站、便利店（通宵店）是有公共洗手間的。前者人來人往，設公廁自有其需要；後者空間極小，卻也設了公廁（男女不分）。照我們想像，地鐵人流洶湧，公廁那麼多人使用，必然很髒；卻一點兒也不，一樣是那麼乾淨悅目，像五星級酒店那樣舒適高級。香港公廁本來在地鐵、便利店、超市是一律欠奉的，到了近年，徇眾要求，在地鐵、西鐵、馬鐵的某些個別車站月台或適當地方設了洗手間。乘搭港鐵，有時車程需時在一個小時以上，不設廁所是完全說不過去的，但政府還是採取了寧缺勿濫的態度，折衷地處理，應付公眾之需。

香港的廁所文化達到甚麼程度，也許用「差強人意」去形容很合適吧！不要說外地遊客，縱然是生於斯長於斯，也要對香港廁所文化有所解讀，否則在突然來了「三急」的時候，非手忙腳亂不可。

香港公廁的特點之一是「少」。外來遊客來港倘若身處銅鑼灣、旺角、尖沙咀等這些遊客常到、人口密集的鬧市，欲找公廁，可能一時之間會被難倒了。這些人流稠密的中心地帶，的確不易找到公廁。在特急的情況下，首先可觀察一下附近有沒有較具規模的商場；香港絕大多數商場設有公廁，且有清楚的男女公仔指示牌，只是大商場的洗手間必然是設計在較隱蔽的角落，要費些周章才找到。如找不到商場，再看一看有沒有市政大廈一類建築，有的話，「街市」大抵就在其左右或樓下了。「街市」內就有公廁。此類公廁屬於政府管轄，有的就和賣魚肉蔬果的地方連成一片，香港街坊不會陌生，但外來者一定如入迷宮。樓上樓下？都有可能。有時你一走進，地面因賣菜賣魚而一片濕漉漉的，洗手間的衛生，雖不至於糞跡滿地，

也談不上惡臭衝鼻，但不是那麼乾淨和悅目，你不能不將就一下了。當然，街市的公廁每天都有政府僱請的清潔工打掃，有的還備有廁紙，也從未向使用者收錢，算是香港這座城市的德政了！

香港公廁的第二個特點是「差」。萬一既找不到商場，也找不到街市，不妨試一試找一找茶餐廳。茶餐廳遍佈於大街小巷，雖然是私人老闆開的，但向店主打個招呼，他們也是通情達理讓你使用的。然，除了一些比較高級的西餐廳或特色風味餐廳之外，偏於中下層顧客對象的茶餐廳的洗手間，衛生狀況都不是那麼理想。至少有如下三方面有待改善：一是泰半設在餐廳廚房一側，通道狹窄，地面因有女工洗碗水流經，又濕又滑，稍一不慎，跌個四腳朝天，骨折腦震，非同小可。這堪稱長者出事的高危區。香港就曾發生過一位老者跌個終身殘廢的個案，落得老闆要賠大錢；二是因為地方有限，洗手間男女不分，其空間極小；三是未必都有坐式的馬桶，仍常見「蹲式」的，很「考」你的腿力。因此，你入茶餐廳的洗手間前就要有思想準備。如是夫婦，最好是由先生先探路，報告「軍情」，太髒的話，淑女小姐們能忍則先忍了！

除了少和差之外，我們再看一看其他一些場所廁所的管理和分佈吧！茶餐廳的廁所條件太差，早為公眾所詬病；酒樓又如何？飲茶是香港人的習慣，也早成了香港人的生活方式。香港酒樓的廁所當然大些，畢竟它的顧客極眾；但酒樓面積一般都較大，不要說「突然闖入者」不易搞清洗手間在甚麼方向，縱然在裏面飲茶的人，如廁時通常也要眼觀八方或向茶樓服務員詢問，因此不是人有「三急」時的最佳解急處，但作為後備是不妨的。其「乾淨度」卻不如快餐店的洗手間。在一些公共場所，都有廁所，不必擔心。例如跑馬地馬場東門外牆，維多

利亞公園的兩個出口處，都有從設計到衛生都不錯的公廁。它們除舒適乾淨之外，洗手盆、鏡子、手紙、乾手機等都較齊全。康文署屬下的港九新界一些公園，也大都設有公廁，且並無異味隨風飄揚。至於像銅鑼灣的中央圖書館，其廁所之高級，已可媲美日本酒店矣！

　　至少在亞洲，日本的廁所文化是最先進的，無論是大城市或小鄉村，不管是地鐵還是便利店，也不論是大酒店或私人的食店，廁所的乾淨舒適程度堪稱在全球名列前茅（或名次排在前幾名）。不少酒店房間的洗手間，其坐板在冬天可以用暖化設備調節，還有自動噴水設備為你清洗屁股。香港的廁所「文化」，總體上無法與先進的日本相比，但好過中國內地的不少公廁，也好過東南亞不少國家，只是仍有很多需改善之處，尤其是「數量」方面，遠不能滿足市民和遊客的需要。一旦改善，「三急」在香港就不成問題了！

作者簡介

東瑞，原名黃東濤，祖籍福
建金門。一九四五年出生。在印尼
雅加達巴中讀中學。一九六零年回
國。一九六零年九月至一九六四年
八月在集美中學就讀至高中畢業
（46組）。一九六九年泉州華僑大
學中國語言文學系畢業。一九七二
年移居香港。曾任《讀者良友》
《青果》編輯。一九九一年與蔡瑞芬女士創辦獲益出版事業
有限公司，任董事總編輯。業餘從事寫作。作品多次獲獎。
一九九零年以《山魂》獲得香港市政局「中文文學創作獎」散
文組冠軍。二零零六年榮獲「小學生最喜愛作家」，著作《校
園偵破事件簿》獲選「中學生好書龍虎榜十大好書」及「最受
小學生歡迎十大好書」。二零一一年獲中國鄭州小小說組委會
頒發「小小說創作終身成就獎」。二零一二年憑《轉角照相
館》獲中國微型小說學會主辦的第十屆全國小小說年度評選一
等獎。二零一三年五月獲鄭州頒發小小說業界至高榮譽「第六
屆小小說金麻雀獎」。二零一六年一年內更獲四個獎項，如
「世界華文微型小說傑出貢獻獎」，而長篇小說《風雨甲政
第》獲得金門縣文化局頒發「第十三屆浯島文學獎長篇小說優
等獎」等等。自八十年代起歷任各種文學創作比賽評判達百餘
次，如香港市政局中文文學創作獎、香港公共圖書館學生中文

故事創作比賽、澳門文學獎、青年文學獎、馬來西亞鄉青文學
獎、印尼華文歷屆金鷹杯文學獎、新加坡文學評論獎評判等，
並曾受邀在大陸鄭州、上海、泉州、港、澳、印尼雅加達、萬
隆、泗水、棉蘭、楠榜、牙律、馬來西亞吉隆坡、金寶、新加
坡等地大、中、小學和各種文學組織演講文學課題。現受聘為
香港華僑大學校友會名譽會長、國立華僑大學客座教授、香港
兒童文藝協會名譽會長、印尼華文作家協會海外顧問等；現任
香港華文微型小說學會會長、香港作家協會秘書長、世界華文
微型小說研究會副會長、中國小小說名家沙龍副主席、香港金
門同鄉會副會長等。

　　著作已出版《迷城》《暗角》《人海枭雌》《出洋前後》
《蒲公英之眸》《天使的約定》《轉角照相館》《雪夜翻牆說
愛你》《失落的珍珠》《無言年代》《飄浮在風中的記憶》
《為何我們再次相遇》《走過紅地氈》《雨中尋書》《邊飲咖
啡 邊談文學》《流金季節》《我看香港文學》《藝術感覺》
《晨夢夕錄》《校園偵破事件簿》等132餘種（單行本，詳見
著作目錄）。

東瑞著作目錄（單行本）

（至2017年9月止）

長篇小説

《天堂與夢》
（一九七七年 • 香港中流出版社）
《出洋前後》
（一九七九年 • 香港南粵出版社）
《愛的旅程》
（一九八三年 • 香港山邊社）
《鐵蹄人生》
（一九八五年 • 中國友誼出版公司）
《小島黃昏》
（一九八六年 • 廣東旅遊出版社）
《出洋前後》（新版）
（一九八八年 • 四川文藝出版社）
《夜夜歡歌》
（一九八九年 • 廣東旅遊出版社）
《人海梟雌》
（一九九一年 • 中國華僑出版公司）
《暗角》
（一九九二年 • 獲益出版事業有限公司）
《迷城》
（一九九六年 • 獲益出版事業有限公司）
《再來的愛情》
（一九九七年 • 獲益出版事業有限公司）
《尖沙咀叢林》
（一九九八年 • 獲益出版事業有限公司）
《出洋前後》（新版）
（二零一三年六月 • 金門縣文化局）
《風雨甲政第》
（二零一七年 • 金門縣文化局）

中篇小説集

《瑪依莎河畔的少女》
（一九七六年 • 香港大光出版社）

《夜來風雨聲》
（一九八七年 • 貴州人民出版社）
《白領麗人》
（一九八七年 • 中國文聯出版公司）
《夜香港》
（一九八七年 • 廣東旅遊出版社）
《珠婚之戀》
（一九八七年 • 香港麒麟書業有限公司）
《透視者》
（一九九九年 • 獲益出版事業有限公司）

短篇小説集

《彩色的夢》
（一九七七年 • 香港上海書局）
《週末良夜》
（一九七七年 • 香港中流出版社）
《少女的一吻》
（一九七八年 • 香港駱駝出版社）
《系在狗腿上的人》
（一九七八年 • 新加坡萬裏書局）
《香港一角》
（一九八二年 • 廣東花城出版社）
《玻璃隧道》
（一九八三年 • 香港華南圖書文化中心）
《露絲不再回來》
（一九八五年 • 江西人民出版社）
《似水流年》
（一九九三年 • 獲益出版事業有限公司）
《夜祭》
（一九九五年 • 中國文聯出版公司）
《東瑞小説選》
（一九九七年 • 香港作家出版社）

《無言年代》
(一九九九年•獲益出版事業有限公司)
《匿名信》
(二零零一年•獲益出版事業有限公司)
《擒凶記》
(二零零一年•獲益出版事業有限公司)
《失落的珍珠》
(二零零五年•臺北聯經出版事業公司)

小小說集
《塵緣》
(一九九一年•新加坡成功出版社)
《都市神話》
(一九九二年•獲益出版事業有限公司)
《逃出地獄門》
(一九九五年•獲益出版事業有限公司)
《還是覺得你最好》
(一九九六年•獲益出版事業有限公司)
《讓我們再對坐一次》
(一九九八年•獲益出版事業有限公司)
《留在記憶裏》
(一九九八年•獲益出版事業有限公司)
《朝朝暮暮》
(二零零零年•獲益出版事業有限公司)
《東瑞小小說》
(二零零三年•獲益出版事業有限公司)
《相逢未必能相見》
(二零零八年•獲益出版事業有限公司)
《天使的約定》
(二零一零年•光明日報出版社)
《魔術少年》
(二零一零年年•江蘇文藝出版社)
《小站》
(二零一二年 •獲益出版事業有限公司)
《雪夜翻牆說愛你》
(二零一三年•河南文藝出版社)

《轉角咖啡館》
(二零一三年•四川文藝出版社)
《蒲公英之眸》
(二零一五年六月•獲益出版事業有限公司)
《清湯白飯》
(二零一七年•獲益出版事業有限公司)
少年兒童小說集
《琳娜與喜尼》
(一九八四年•香港兒童文藝協會)
《一對安琪兒》
(一九八五年•香港綠洲出版公司)
《再見黎明島》
(一九八六年•香港綠洲出版公司)
《未來小戰士》
(一九八八年•香港日月出版公司)
《王子的蜜月》
(一九八八年•寧夏人民出版社)
《小華遊星馬》
(一九八八年•香港明華出版公司)
《小華游福建》
(一九八八年•香港明華出版公司)
《小華遊菲律賓》
(一九八九年•香港明華出版公司)
《魔術師的熱水袋》
(一九九〇年•香港明華出版公司)
《不願開屏的孔雀》
(一九九八年•香港新雅文化事業有限公司)
《一百分的秘密》
(一九九二年•獲益出版事業有限公司)
《森林霸王》
(一九九三年•獲益出版事業有限公司)
《祖祖變形記》
(一九九三年•獲益出版事業有限公司)
《燃燒的生命》
(一九九四年•安徽少年兒童出版社)

《父親的水手帽》
(一九九四年 • 安徽少年兒童出版社)
《叛逆出貓黨》
(一九九五年 • 獲益出版事業有限公司)
《帶CALL機的女孩》
(一九九六年 • 獲益出版事業有限公司)
《相約在未來》
(一九九六年 • 獲益出版事業有限公司)
《怪獸島歷險記》
(一九九六年 • 獲益出版事業有限公司)
《笑》
(一九九八年 • 獲益出版事業有限公司)
《馬戲團小丑》
(一九九八年 • 獲益出版事業有限公司)
《再見黎明島》(新版)
(一九九八年 • 獲益出版事業有限公司)
《雪糕屋裏的友情》
(一九九九年 • 馬來西亞彩虹)
《相約在未來》
(二零零零年 • 新加坡萊佛士)
《校園偵破事件簿》
(二零零四年 • 獲益出版事業有限公司)
《我在等你》
(二零零四年 • 獲益出版事業有限公司)
《魔幻樂園》
(二零零五年 • 獲益出版事業有限公司)
《地鐵非常事件簿》
(二零零六年 • 獲益出版事業有限公司)
《愛的旅程》(修訂本)
(二零零六年 • 獲益出版事業有限公司)
《屋邨奇異事件簿》
(二零零七年 • 獲益出版事業有限公司)
《小強和四方形西瓜》
(二零一三年 • 新雅文化事業有限公司)
《老爸的神秘地下室》
(二零一五年七月 • 新雅文化事業有限公司)

散文集

《湖光心影》
(一九八三年 • 香港山邊社)
《象國 • 獅城 • 椰島》
(一九八五年 • 廣東花城出版社)
《看那燈光燦爛》
(一九八五年 • 香港金陵出版社)
《旅情》
(一九八六年 • 湖南人民出版社)
《晨夢錄》
(一九八七年 • 香港綠洲出版公司)
《籬笆小院》
(一九八八年 • 香港大家出版社)
《永恆的美眸》
(一九九一年 • 中國華僑出版公司)
《都市的眼睛》
(一九九三年 • 獲益出版事業有限公司)
《陪你一程》
(一九九三年 • 獲益出版事業有限公司)
《豐盛人生》
(一九九五年 • 獲益出版事業有限公司)
《一串燒烤的日子》
(一九九六年 • 獲益出版事業有限公司)
《寫作路上》
(一九九六年 • 獲益出版事業有限公司)
《一天》
(一九九九年 • 獲益出版事業有限公司)
《行李 • 照片 • 人》
(一九九九年 • 獲益出版事業有限公司)
《活着，真好》
(一九九九年 • 獲益出版事業有限公司)
《美文一籃》
(二零零年 • 獲益出版事業有限公司)
《精緻短文》
(二零零年 • 獲益出版事業有限公司)

《談談情，交交心》
(二零零年•獲益出版事業有限公司)
《虎山行》
(二零零零年•獲益出版事業有限公司)
《晨夢夕錄》
(二零零零年•獲益出版事業有限公司)
《甜夢》
(二零零一年•獲益出版事業有限公司)
《生命芳香》
(二零零一年•獲益出版事業有限公司)
《奶茶一杯》
(二零零三年•獲益出版事業有限公司)
《重要的是活下去》
(二零零二年•山邊社)
《雨中尋書》
(二零零八年•獲益出版事業有限公司)
《為何我們再次相遇》
(二零一一年•獲益出版事業有限公司)
《雨後青綠》
(二零零八年•獲益出版事業有限公司)
《走過紅地氈》
(二零一三年•獲益出版事業有限公司)
《飄浮風中的記憶》
(二零一五年•獲益出版事業有限公司)
《香港，你好》
(二零一七年•獲益出版事業有限公司)

遊記集
《日本十日遊》
(一九八五年•香港綠洲出版公司)
《印尼之旅》
(一九八六年•香港綠洲出版公司)
《印尼萬裏遊》
(一九八九年•與丘虹合著•香港明天出版社)

隨筆•小品集
《南洋集錦》
(一九七九年•香港駱駝出版社)
《共剪西窗燭》
(一九八七年•香港綠洲出版公司)
《爸爸手記》
(一九八八年•香港金陵出版社)
《都會男女萬花筒》
(一九八九年•香港麒麟書業有限公司)
《文林漫步》
(一九九○年•香港現代教育研究社)
《創作手記》
(一九九一年•香港突破出版社)
《你就是作家》
(一九九一年•獲益出版事業有限公司)
《你喜愛的作文》
(一九九三年•獲益出版事業有限公司)
《爸爸手記》(大陸版)
(一九九五年•四川文藝出版社)

評論集
《魯迅〈故事新編〉淺釋》
(一九七九年•香港中流出版社)
《老舍小識》
(一九七九年•香港世界出版社)
《我看香港文學》
(一九九五年•獲益出版事業有限公司)
《藝術感覺》
(一九九七年•獲益出版事業有限公司)
《流金歲月——印華文學之旅》
(二零零年•獲益出版事業有限公司)
《循序漸進》
(二零零零年•獲益出版事業有限公司)
《流金季節續篇》
(二零零六年•獲益出版事業有限公司)
《香港文化淺談》
(二零零七年；獲益出版事業有限公司)

《邊飲咖啡 邊談文學》
(二零一二年•獲益出版事業有限公司)
《文學不了情》
(二零一三年•獲益出版事業有限公司)

【東瑞得獎作品】
1.《琳娜與嘉尼》
香港兒童文藝協會一九八三年兒童小說創作獎季軍
2.《不沉的舞臺》
香港兒童文藝協會一九八六年兒童小說創作獎優異獎
3.《山魂》
香港市政局一九九〇年度中文文學創作獎散文組冠軍
4.《夏夜的悲喜劇》
香港市政局一九九〇年度中文兒童讀物創作獎兒童故事組優異獎
5.《少年小羊》
香港市政局一九九四年度中文文學創作獎小說組優異獎
6.《校園偵破事件簿》
第三屆書叢榜最受小學生歡迎十本好書、第十屆中學生好書龍虎榜十本好書、東瑞並獲選為「全港小學生最喜愛作家」、二〇〇七年全國第四屆偵探推理小說大賽最佳新作獎
7.《一雙繡花鞋》
第七屆全國微型小說年度評選三等獎
8.「小小說創作終身成就獎」
二〇一一年中國鄭州•第四屆小小說節組委會頒授
9.《轉角照相館》
中國小小說協會主辦、金山雜誌社承辦二零一二年第十屆中國小小說年度評選一等獎

10.《漆紅的名字》
黔台杯•第二屆世界華文微型小說大賽優秀獎
11.「第六屆小小說金麻雀獎」
二零一三年，鄭州小小說節組委會頒授（參選作品《轉角照相館》《蘋果》《金廁所和半世紀唐樓》《大獎》《父親回家》《驚喜悼文》《證據》《臭耳人阿王》《小站》《雪夜翻牆說愛你》十篇）。
12.《生命之柱》
二零一四年中國小小說學會「文華杯」全國短篇小說大賽一等獎
13.《秋風初起》
獲中國小小說協會主辦、金山雜誌社承辦二零一三年第十一屆中國小小說年度評選二等獎
14.《蒲公英之眸》
獲世界華文微型小說研究會、中國微型小說學會頒發第二屆世界華文微型小說雙年獎優秀獎（二零一四年至二零一五年度）
15.「世界華文微型小說傑出貢獻獎」
二零一六年泰國曼谷•世界華文微型小說研究會、中國微型小說學會頒授
16.《雙騎結伴攀虎山》
二零一六年中國北京•中國世界華文文學學會頒發第二屆全球華文散文徵文大賽優秀獎
17.《風雨甲政第》（長篇小說）
獲金門縣文化局頒發「第十三屆浯島文學獎長篇小說優等獎」
18.《清湯白飯》（小小說）
獲鄭州人民廣播電台、小小說傳媒等聯合主辦首屆「說王」小小說原創大賽優秀獎

香港，也是我家園

——《你好 香港》後記

● 東瑞

大概六七年前，我見到香港一家綜合性雜誌甚麼內容都有，尤其以較為硬性的政治內容為主，缺乏文化氣息，香港色彩稍嫌太淡，於是我毛遂自薦地說我可以寫介紹香港的文章，每篇約兩千字，意見獲得接納。這就是本書稿件的緣起。我堅持每個月寫一篇，一直寫了五六年。後來編輯朋友退休，我雖然還有興趣寫，無奈編輯方針不同，很快就「無疾而終」了。近兩年，我寫香港的散文，則多數在香港一家老報紙的副刊發表，增添了多一點的文學色彩。有關的稿件累積了六七十篇，我從中挑選了五十篇，配上一些拍攝過的照片，編成了《香港，你好》這本書。

記得為了寫這些文章，不時我都要特地出門，再將有關地方重遊一遍，還補拍了不少照片。畢竟幾十年間，許多地方已經面目全非了。七十年代初我就「落腳」於香港這南方一隅，目睹和感受着香港的飛速發展。縱然現在讀這本書，有個別篇章我改不勝改，只好註明這是當時的狀況，幸虧，絕大部分書稿已經修訂，力求準確和如實了。

本書既不是研究性的學術論著，也正如寫序的好友、才女周小芳所稱的「不是純文學的遊記」，但具有「涉獵範圍廣泛」「景點介紹客觀」及文字深入淺出、雅俗共賞等特點。我

223

當初的書寫本意，就是以境外未到過香港以及雖然定居香港、但未必很了解香港的讀者為對象的，解答的是「香港有哪些地方值得走，值得看？」也有一點想為香港「只是購物天堂」「平反」的意思。想為香港深度遊而做指引參考的顯然不能滿足。

香港是我和瑞芬居住了四十幾年的城市，我們在此打拼創業、攀爬虎山、流過汗水，因此，香港也是我們廣義的家園。這本書，算是向香港致敬之作吧！

謝謝好友、才女周小芳寫了那樣文采十足的美好的序，謝謝她熱情地、費心費力的義務校對，也謝謝瑞芬的支持和力促，令本書順利出版。

2017年8月2日